Czirpan
vom Ruf der Wildnis

König der Karpaten

Hagen Mätzig

der König der Karpaten

Bibliografische Information der Nationalbibliothek
©2018Hagen Mätzig
Herstellung und Verlag
BoD- Books on Demand, Norderstedt
ISBN9783748100720

Inhaltsverzeichnis

1.Ende von „Der Weg zurück"

Am Waldesrand angekommen machten sie eine kurze Pause
und schauten noch mal zurück auf die große Fläche ihres ehemaligen Reviers. Im feuerroten Ball der untergehenden Sonne zeichnete sich auf einem Hügel die Kontur eines aufrecht sitzenden Wolfes mit erhobenen kopf ab und für alle weithin hörbar erklang zum Mut machen und zur Warnung

Der Ruf der Wildnis

2.Das Bombardement

Czirpan war mit der Absicht, die Jäger auf eine andere Fährte zu locken, ihnen entgegengelaufen. Umso mehr, staunte er, dass sich die Rufe der Jäger schnell entfernten und bald gar nicht mehr zu hören waren. Gleichzeitig detonierte in unmittelbarer Nähe eine Granate und es herrschte plötzlich eine vollständige Ruhe, der Czirpan instinktiv nicht traute und das aus gutem Grund, wie sich schnell herausstellen sollte. Es setzten nämlich urplötzlich aus allen Richtungen ein Pfeifen und anschließend anhaltende Detonationen ein. Czirpan begriff sehr schnell, dass dies für ihn eine unmittelbare Gefahr darstellte und in seiner Angst machte er einen gewaltigen Satz in die nächste Erdrinne, die sich alsbald als weit verzweigtes Grabensystem herausstellen sollte. Er verlor keine Zeit und rannte in eine Art Tunnel. Da legte er sich hin und hatte schon fast mit seinem Leben abgeschlossen, denn es fing aller Orten der Sand an zu rutschen und auch die aus Holzbalken bestehende Tunneldecke flog, mit einem mächtigen Schlag auseinander. Czirpan sah nur noch Sand und konnte keinen Atemzug mehr machen. Alles andere kam ihm wie eine Ewigkeit, in der nun schon hereingebrochenen

Nacht, vor.

3. <u>Die Auferstehung</u>

Instinktiv hatten seine Läufe einen Weg aus der Finsternis gesucht und so kam es, dass er plötzlich einen Lichtstrahl wahrnahm und sich mit ein paar letzten Vorwärtsbewegungen an der frischen Luft befand. Für den Moment war er außer Stande zu begreifen, was passiert war. Er stellte sich zuerst mal auf seine wieder „gefundenen Läufe" und schüttelte nicht nur den Sand aus dem Fell. Er hatte das Gefühl, nie mehr damit aufhören zu können. Seine Lebensgeister erwachten langsam wieder. Überall roch es nach Qualm und Schwefel und signalisierte weiterhin Gefahr. Deshalb verschaffte er sich schnell einen Überblick und lief in die Richtung, wo er annahm Samara, Tunja und Lukan zu wissen. Er war gerade erst losgelaufen, als er die Witterung eines Wolfes in die Nase bekam. Plötzlich lief ihm ein eiskalter Schauer durchs Genick. Hinter einer kleinen Kiefer lag Raslans zerfetzter und von Maden und Ameisen durchsetzter, Körper und es sahen ihn zwei, selbst im Tode noch, brutale Augen an. So hatte Raslan also die Quittung für seine Schandtaten erhalten und konnte, weder unter den Menschen, als auch unter den Wölfen, nie mehr Unheil stiften. Vollauf mit seinen Gedanken beschäftigt, war er unbemerkt am Waldrand angelangt und konnte wie erhofft, die Witterung seines Rudels aufnehmen

4. Aufbruch ins alte Leben

Nun wollten die nächsten Schritte wohl durchdacht sein. Einerseits wollte er so schnell wie möglich den anderen hinterher. Andererseits musste er dringend etwas zwischen die Fänge bekommen und zu neuen Kräften kommen, um für den vor ihm liegenden langen Weg gerüstet zu sein. Noch hoffte er auch, schnell das Rudel zu erreichen, um nicht den langen Weg in die Beskiden allein zurückzulegen.

5.DerMarschbeginn/Neue Liebe

Als er so in der Sonne lag, hörte er in unmittelbarer Nähe, ein leises Winseln. Er legte die Ohren an und machte sich zum Sprung bereit. Als sein kräftiger Körper, wie von einer unsichtbaren Sehne gespannt und freigegeben, durch die Luft ins Dickicht flog, war er bereit, es egal mit welchem Gegner, aufzunehmen. Umso verwirrter war er, als plötzlich eine ausgewachsene Wolfsfähe ihm gegenüberstand. Die ließ es gar nicht erst zu einem Kampf kommen, sondern legte sich unterwürfig auf den Boden. Schließlich stellte sie sich als Winna aus Raslans altem Rudel vor. Czirpan war so perplex, dass er selbst sogar einige Winsellaute von sich gab. Als Czirpan sich neben sie legte, fing sie an, ihm den Fang zu lecken. Damit hatte sie Czirpan endgültig für sie eingenommen. Man hätte meinen können, dass sie wie sie so nebeneinander lagen, wie ein jung verliebtes Paar warteten, was der nächste Moment für sie bringen würde. Das sie den nächsten Weg gemeinsam gehen würden stand für beide, außer Frage. Czirpan wusste nur nicht, ob Winna die, auf sie zukommenden Strapazen, richtig einschätzte. Vorerst mussten sie sich erst einmal stärken und wie es der Zufall wollte, sprang ein, von ihnen gestörter Rehbock, neben ihnen aus dem Unterholz. Fast wie abgesprochen, waren sie mit ein zwei Sätzen bei ihm. Während Czirpan sich an seinem Hals festbiss, brachte Winna ihn, durch einen Biss in einen Vorderlauf zu Fall. So fielen sie mit ihrer Beute im wilden Durcheinander zu Boden. Als Czirpan das frische Blut auf seinen Lefzen spürte, fühlte er sich wie neu geboren. Sie ließen sich, ohne eine Spur von Argwohn ihrer Umgebung gegenüber, zu einer ausgiebigen Mahlzeit nieder. Diesmal war es Winna, die ihrem zügellosen Gelage, ein Ende bereitete. Sie meine nur ganz nebenbei: „Ein voller Bauch macht träge und unvorsichtig. Das holte sie beide schnell in die Wirklichkeit zurück und sie trabten Richtung Osten. Nach nicht allzu langer Zeit, erreichten überquerten sie, die Czirpan noch allzu bekannte Straße und sahen bald darauf, das blaue Band der Neiße, vor sich im Tal liegen. Obwohl Czirpan von seinen eigenen Schwimmkünsten nicht allzu überzeugt war, beschlossen sie, die Neiße mit der Strömung zu durchschwimmen. Dazu liefen sie jedoch erst mal ein gutes Stück die Strömung hinauf und sahen sich nach einem günstigen Ufer um. Da sie die Aktion sowieso erst nachts starten wollten, hatten sie alle Zeit der Welt hierzu.

6.Badetag

a diesem schönen Tag ließ sich die Sonne anscheinend eine Ewigkeit Zeit, bevor sie am Horizont verschwand. Da sie nun ihrer Meinung nach die richtige Stelle gefunden hatten und weit und breit kein anderes Lebewesen zu sehen, oder zu wittern war, tollten sie noch einmal im flachen Uferwasser herum. Unbemerkt zog die Dunkelheit, schneller als erwartet, über dem Fluss herein. Jetzt, wo man das gegenüber liegende Ufer noch klar erkennen konnte, war der günstigste Augenblick. Noch ein kurzes Bellen an Winna, ihm unmittelbar zu folgen, an und Czirpan stürzte sich in die Fluten. Die Strömung des Flusses war stärker als gedacht und Czirpan blieb nichts Anderes übrig, als sich erstmal treiben zu lassen. Dabei verlor er Winna aus den Augen, hatte aber zunächst mit sich selbst zu tun. Nach einer geraumen Zeit, er war etwas näher an das andere Ufer getrieben, machte er zwei kurze Paddelschläge und stieg aus dem Wasser. Jetzt schüttelte er nicht nur das Wasser, sondern auch einige Anspannung, aus seinem Fell. Kurz darauf hörte er ein plätschern und sah auch Winna an Land springen. Beide begrüßten sich, als wären sie einer tödlichen Gefahr entronnen. Czirpan sann aber schon über die notwendigen weiteren Schritte nach. Über den Weg machte er sich keine Sorgen, denn auf seinen Instinkt konnte er sich stets verlassen. Wenn sie aber beide ihr Ziel erreichen wollten, mussten sie jederzeit wie eine eng verbundene Einheit handeln. Schnell überblickte Czirpan den Ort wo sie sich befanden. Es war das Land der vielen Seen und des Nebels, den Czirpan gar nicht mochte, da ihn im Nebel auch seine scharfen Augen im Stich ließen. Noch etwas beunruhigte ihn. Zwar konnte er sich auf seinen Instinkt verlassen, der ihm den Weg vorgab, aber es fehlte ihm das Gefühl von Sicherheit, auf das sich Czirpan und Winna verließen.

7.Die südlichen Masuren

So ließen sie sich zunächst für eine längere Zeit in einer dichten Buschgruppe nieder und holten den lange vermissten Schlaf nach. Letztendlich siegte aber der knurrende Magen, so dass sie sich nach kurzer Zeit schon wieder erhoben um die Umgebung einer ausführlichen Inspektion zu unterziehen. Eigentlich, war die Gegend recht übersichtlich. Überall ein lichter Wald mit vielen Lichtungen, durchzogen von vielen Bächen, und Wasserlöchern. Sie teilten sich, um jeder eine Richtung zu erforschen. Dabei nahmen sie jeden Baum und jedes Gebüsch unter die Lupe. Außer ein paar Häschen, gab es nichts Außergewöhnliches, oder gar Gefährliches zu erspähen. Winna zeigte Czirpan, wie gewand sie beim Beutefang war und brachte zwei kleine Hasen für eine kleine Zwischenmahlzeit, von ihrem Streifzug mit. Czirpan machten die Schreie der Eichelhäher, die er in schlechter Kindheitserinnerung hatte, fast verrückt. Am liebsten hätte er sich die Ohren zugehalten, was Winna wiederum zu einem Lachanfall inspirierte. Einzig ein paar Bauern, die auf den Wiesen Heu einbrachten, störten die Ruhe und waren Grund für eine erhöhte Aufmerksamkeit. Als ein kleiner Junge, der Walderdbeeren sammelte, Czirpans Schnauze kurz am Waldesrand sah, rannte dieser mit viel Geschrei zu seinen Eltern und veranlasste diese den Waldessaum untersuchen, indem sie auf die nähestgelegenden Büsche mit ihren Heugabeln abklopften. Das allein war aber kein Grund für einen schnellen

Revierwechsel. In einem der Bäche sah Czirpan Regenbogenforellen und so sah der Bach fast wie ein brodelnder Wassertopf aus, als beide krampfhaft versuchten die wendigen Forellen zu fangen. Diese Spielchen, die schwerer waren als Mäusefangen, ließen sie dann auch bald sein. Als in unmittelbarer Nähe plötzlich Schüsse fielen, wären beide fast zu Salzsäulen erstarrt. Czirpan pirschte sich, tief an den Boden geschmiegt bis zum Waldrand vor. Da sah er mit einer gewissen Erleichterung, dass die Schüsse nicht ihnen galten, sondern das es die Jäger auf Meister Langohr abgesehen hatten, trotz allem aber Vorsicht angeraten war. So nahm er sich für den Rückweg auch viel Zeit um nur nicht erst aufzufallen. Winna hatte sich schon die Augen ausgeschaut und lag zitternd an den Boden geschmiegt, als Czirpan endlich auftauchte. Damit war aber auch klar, dass aus einer Hasenjagd heute nichts wurde. Czirpan hatte auf seinem Streifzug hühnerartige Bodenvögel gesehen und so machten sie sich über deren Jagd jeder so seine eigenen Gedanken. Czirpan wusste nur, dass ihm die Jagd auf das Federvieh, schon wegen der mühsamen Rupfaktion,
so gar keinen Spaß machte. Winna brachte auch nach kurzer Zeit eines an und ließ Czirpan keine andere Wahl als mitzurupfen, wenn er ein Stück abhaben wollte. Plötzlich drang aus einem nahe gelegenen Maisfeld Krach an ihr Ohr und beide wussten ruckartig Bescheid. Es konnte sich nur um eine Rotte Wildschweine

auf Futtersuche handeln. Es müsste doch mit dem Teufel zugehen, wenn nicht auch für sie etwas abfiele. Dazu mussten sie aber warten, bis die Schweine den Rückzug antraten und das würde frühestens zur Morgendämmerung geschehen. So wechselten sich beide auf dem Beobachtungsposten ab und der andere holte endlich eine Mütze voll Schlaf nach. Am frühen Morgen lagen dann beide putzmunter bereit für Heldentaten. Kaum hatte der erste Vogel sein Lied geträllert und der erste Sonnenstrahl einen Tautropfen getroffen, machten sich die Schweine auf in Richtung des dichteren Waldes, aber nicht ohne vorher noch ein ausgiebiges Schlammbad in ihrer Stammsuhle zu nehmen. Das nun war Czirpans und Winnas Chance. Da nicht alle Schweine gleichzeitig in die Suhle passten, hatten die Säue und Eber den Vortritt. Die jungen Läufer warteten aber in Sichtweite und waren für einen Wolf das Objekt seiner Begierde. Solch einen hatten sich Czirpan und Winna ausgesucht. Er würde für beide ein üppiges Tagesmahl abgeben. Das ganze musste sehr schnell gehen, bevor die Eber es mitbekamen. Also kam Czirpan die Rolle zu, das Ausgesuchte am Genick zu packen und Winna würde ihm die Hinterläufe blockieren, wodurch das Schwein zu Fall kommen sollte. Nachdem Czirpan ihm dann den Rest gegeben hatte, konnte das Festmahl beginnen. Alles funktionierte wie abgesprochen. Dann mussten sie jedoch eine Pause machen, bis die Schweinerotte abgezogen war. Eine Bache, die mindestens genauso gefährlich war wie ein Eber, kam, aus welchem Grund auch immer, doch noch mal nach dem Rechten sehen. Im Angesicht zweier zähnefletschenden Wölfe, vergaß sie, was sie im Sinne hatte und trabte im Schweinsgalopp der Rotte hinterher. Jetzt aber gab es für Czirpan und Winna kein Halten mehr. Sie labten sich zuerst an dem frischen Blut und begannen das Schwein in handliche Stücke zu zerlegen. Als Winna sich mehr als ihr zustehend einverleiben wollte, konnte Czirpan nicht obhin, ihr zu zeigen, wer der Herr im Hause war. Alles andere war nur noch ein einziges Schmatzen und das Geräusch unter den Wolfszähnen berstender Knochen. So gesättigt waren die beiden träge und steif. Jeder ihrer Feinde, von denen es kaum welche gab, hätte jetzt leichtes Spiel mit ihnen gehabt. So zogen sich die beiden in das nähest gelegene Gebüsch zurück und richteten sich darauf ein, die nächsten Stunden nur zu verdauen und zu ruhen. Obwohl Winna langsam in Hitze geriet, hatten weder sie, noch Czirpan, der es nichtmal in all der Aufregung gemerkt hatte, Lust auf das Liebesspiel. Sie fassten den Entschluss, den Tag und die Nacht zu ruhen und am nächsten Morgen frisch gestärkt aufzubrechen. Beide waren aber noch vor dem ersten Vogelträllern hell wach und machten sich daran die Reste des Schweins für spätere Eventualitäten säuberst einzubutteln. Nachdem sie so das Schlachtfeld fein säuberlich gereinigt hatten, stillten sie an einem nahen gelegenen Bach ihren Durst und Czirpan trabte voran ihres Weges, den hohen Bergen, die sich weit hinten am Horizont abzeichneten und neuen Abenteuern entgegen. Da sie nur ein paar wenige Bauernhöfe umgehen mussten, kamen sie zügig voran. Die weiten Ebenen überwogen jetzt auf ihrem Weg und so liefen sie zwar zügig voran, aber waren bemüht, sich immer von Strauchreihe zu Strauchreihe, bzw. Hecke zu Hecke zu bewegen. Dann befanden sie sich plötzlich wieder in einem Hochwald, mit den schon bekanntenWasserläufen, Seen und Waldschneisen. Nur zwischen den Bäumen war mehr Sumpf und zwang sie zu vorsichtigem Lauf. Ein Hochmoor hatten beide in ihrem Leben noch nicht kennen gelernt, ebenso wenig, wie die ständigen Nebel. Dafür gab es allerhand kleines Wassergetier, welches gar nicht so schlecht mundete. Um auf diesem unsicheren Boden nicht Gefahr zu laufen unverhofft abzusacken, beschlossen sie, sich vorerst ein trockenes Lager zu suchen und die hereinbrechende Nacht zu ruhen, um am nächsten Tag mit frischen Kräften weiter zu laufen. Gesagt-getan. Sie fanden schnell ein Lager unter einem Weidenbaum, den viel trockenes Gras und Blätter umsäumten. Allerdings hatte Winna sich an dem scharfkantigen Binsengras schnell die Laufsohlen geritzt, wimmerte jetzt leise vor sich hin und war eben so schnell, wie Czirpan, eingeschlafen. In den frühen Morgenstunden, erwachte Czirpan, weil er fühlte, wie die Kälte des Morgennebels unter seinen Pelz kroch. Da war auch noch Winnas Winseln, welches sich wie der Ruf nach Hilfe anhörte. Was war passiert? Winna wollte nach dem Wachwerden ihr Morgengeschäft verrichten und hatte sich ausgerechnet eine dieser schwimmenden Morastinseln dafür ausgesucht, welche kippte und Winna in das Schlammwasser beförderte. Das war nun keineswegs ein Schwimmen, sondern mehr oder weniger, ein Waten auf der Suche nach einem festen Ufer, um dem Schlamm zu entsteigen. Sie war auch schon so entkräftet, dass sie auf Hilfe angewiesen war. Das Gefühl zu ersaufen lähmte sie zusehends. Czirpan wusste sich für den Moment auch nicht zu helfen, denn ein Strick, oder dergleichen standen auch nicht zur Verfügung. Auch sein Versuch es mit Hilfe eines trockenen Astes zu probieren, scheiterte kläglich, hatte aber zur Folge, dass er zumindest eine feste Stelle am Rand fand. Als er schon überlegte, Winna an deren Schwanz heraus zu ziehen, widersprach Winna, denn rückwärts, konnte sie sich das Ganze gar nicht vorstellen. Aus lauter Verzweiflung, schnappte Czirpan sie am Genick. Winna schob sich mehr aus Reflex aus dem Sumpf und war befreit. Völlig erschöpft, aber zufrieden und glücklich, lagen beide nebeneinander und wärmten sich. Winna leckte dankbar czirpans Fang. Diese Aktion würden beide wahrscheinlich ihr Leben lang nicht vergessen. Bei der ganzen Aufregung hatten sie gar nicht bemerkt, wie das Hungergefühl in ihnen hochgestiegen war.

8.Da tritt mich doch ein Elch

Jetzt musste ihnen auf die Schnelle etwas einfallen. Zurück zu ihrer „Schweinereserve" wollten sie auch nicht. Wenn sie sich umsahen, würden nur dürftige Wassertiere für sie abfallen. Also beschlossen sie eilends weiterzuziehen und wenn es auch ein Risiko war, den Zufall entscheiden zu lassen. So zogen sie los und wer sie sah, hätte gedacht sie haben einen großen Kampf verloren. Wo Winna sonst nach jedem Vogel sprang, ließen die, sie heut föllig unbeeindruckt. Wie sie so dahinliefen, hörten sie, fast in unmittelbarer Nähe, dumpfe Pfeiftöne, die sie nur von den Hirschen kannten und urplötzlich stand ein wutschnaubender Elchbulle ihnen gegenüber. Sein mächtiges Geweih jagte ihnen einen tüchtigen Schreck ein, so dass sie, wie als wäre es abgesprochen, die Flucht nach hinten antraten. Rasch waren sie an ihrem alten Nachtlagerplatz angekommen und waren froh, dass der Elch, an ihnen kein größeres Interesse zeigte. Also legten sie sich erst einmal hin und erholten sich von ihrem Schreck. Ihr Interesse war, doch an dem Fleischgeruch geweckt und so hielten sie sich zwar vorerst in sicherer Entfernung, ließen aber das Umfeld in erhöhter Beobachtung. So sahen sie sehr schnell, dass unweit eine

Elchkuh mit ihrem Kalb an frischem Laub der Weiden labten. Da kam ihnen ein mörderischer Einfall und sie beschlossen das Kalb zur Strecke zu bringen. Dazu mussten sie es aber von der Mutter trennen. Da die Elchkuh, wie bei Hirschen üblich, nicht wie ihre männlichen Exemplare über ein Geweih verfügte, dürfte das keine allzu schwere Aufgabe werden. Bei der ersten Annäherung, ergriff die Elchkuh auch schleunigst das Weite. Die kläglichen Rufe des Kalbes, bewegten sie aber zur sofortigen Rückkehr. Nun wussten die beiden sehr gut, dass ein Hirsch auch ohne Geweih, in Form seiner Hufe, über tödliche Waffen verfügte. Die Gelegenheit war aber zu verlockend und so verschwendeten sie auch nicht den kleinsten Gedanken ans Aufhören. Czirpan erinnerte sich nur zu gut an seine ersten Beutezüge, bei denen er vor Mitleid mit den kleinen Tierkindern fast zerflossen wäre. Sehr schnell war das Gesetz der Natur: Fressen und gefressen werden! In ihm verinnerlicht. Die Aussicht auf zartes Fleisch zerstreute die letzten Zweifel. Czirpan schickte Winna vor zum zweiten Versuch. Jetzt dauerte es etwas länger, denn das Kleine war schon erstaunlich schnell auf den Läufen und konnte der Mutter lange folgen. Diesmal kam ihnen aber ein, für den Moment unerwarteter Zufall zu Hilfe. Plötzlich erklang aus allen Richtungen der Ruf der Wildnis und erinnerte Czirpan an lange zurückliegende Zeiten. Es gab nämlich nicht allzu viele, denen er diesen Ruf gelehrt hatte.

Nun aber war es das Zeichen für die gemeinsame Jagd und ohne zu überlegen stürzten sich beide in den Kampf um Beute zum Überleben. Czirpan war der Elchkuh gleich an die Halsschlagader gesprungen und rang nun, gemeinsam mit zwei anderen Rüden, diese nieder. Das Kalb hatte er Winna und den anderen überlassen. Sie hatten so viel mit dem Kampf zu tun, dass Czirpan nicht einmal Zeit fand die anderen Rüden richtig zu erkennen. Jetzt fiel es ihm wie Schuppen von den Augen. Da war sein Sohn Lotrek und auch Lukan. Er musste mit Samara das zerschlagene Rudel aus der Lausitz hierher geführt haben, um sie mit dem Rudel seines Vaters zu vereinen. Wo aber, war Samara. Fast hätte er alles um sich herum vergessen. Da in der Elchkuh nun der letzte Widerstand erloschen war, überließ er den Rest den anderen und lief, so blutbesudelt wie er war, in Richtung des Elchkalbes, wo er zumindest Winna glaubte gesehen zu haben. Da leckte überraschend jemand seitlich seinen Fang und seine Nase ließ ihm einen freudigen Schauer über den Rücken laufen. Das war sie, seine Samara, die Mutter seiner Kinder und treue Wegbegleiterin. In diesem Moment vergaßen die beiden alles um sich herum und tollten wie zwei Welpen ausgelassen herum, so dass man sie für zwei frisch Verliebte halten konnte. Jetzt setzte
sich aber zunächst einmal der Jagdtrieb durch und ließ sie zum Festmahl der anderen zurückkehren. Die besten Stücke der Innereien

waren aber schon vergeben, aber das störte sie im Augenblick recht wenig. Sie bekamen auch so noch jeder ein ordentliches Stück Fleisch ab. Sie kamen aber kaum zum Fressen, denn jeder wollte Czirpan persönlich begrüßen. Auch hatte Samara als neueLeitfähe ihren Verpflichtungen bei der Fressenszuteilung nachzukommen. Erst jetzt lagen alle friedlich beieinander und ließen sich das Fressen schmecken. Plötzlich aber legten alle die Ohren an und ließen ein unterwürfiges Knurren hören.

9.Wiedersehenmit dem Dreibeinigen

Jetzt fiel es Czirpan wie Schuppen von den Augen. Als nun der Dreibeinige mit Lukan und Samara die Fläche betraten, erhob er sich und ging ihnen entgegen. Als Zeichen seiner Achtung und seines Respekts legte auch er die Ohren an und senkte den Kopf. das rechnete der Dreibeinige ihm hoch an. Dieser dankte ihm für die Erziehung seines Sohnes Lukan und entschuldigte sich für die Scherereien, die ihm sein zweiter Sohn bereitet hatte. Er sah nun auch die Zeit gekommen sein Rudel offiziell an Samara und Lukan zu übergeben und das mit einem guten und beruhigenden Gefühl. dann vertrödelten sie keine Zeit mehr und ließen sich den Festtagsschmaus weiter munden. Samare

20

lag zwischen Czirpan und Lukan und so fühlten sich alle drei, wie in alte Zeiten versetzt. Dann aber nahm Czirpan sein Fleischstück, trug es zum Dreibeinigen und beide unterhielten sich über ihre Erlebnisse der zurückliegenden Monate. Der Dreibeinige war voll des Lobes für Czirpan und machte diesen fast etwas verlegen. Czirpan gingen ganz andere Dinge durch den Kopf. vor allem wurde ihm klar, dass Samara ihm nicht folgen konnte, auch wenn sie beide das wünschten. Und was sollte denn aus Winna werden? Mit in die Beskiden konnte er sie auch nicht mitnehmen, denn da wartete Klavka und sein Rudel auf ihn, wo Winna keine Chance hatte. Er beschloss aber, sie zumindest noch 2-3 Tagesmärsche mitzunehmen. Dann wollte er sie zum Dreibeinigen in gute Hände zurückschicken. So einigten sich die beiden. Der Dreibeinige wünschte ihm noch gute Reise und Czirpan, der schon viel Zeit verloren hatte, begab sich mit dem Versprechen bei nächster Möglichkeit wieder vorbeizuschauen, gemeinsam mit Winna auf den Weg. Da sie gesättigt und ausgeruht waren, kamen sie zügig voran und hatten bald das Sumpfland hinter sich gelassen. Da sie jetzt wieder über das weithin sichtbare Land liefen, mussten sie bemüht sein hinter Hecken, Deckung zu finden und Büschen, Deckung zu finden und unerkannt zu bleiben. Bei dem tempo, was sie anschlugen, machte ihnen die Mittagshitze arg zu schaffen. Sie ließen bald darauf die Zungen heraushängen um sich etwas Kühlung zu verschaffen und Czirpan hoffte schnell eine Wasserstelle zu finden, um den Durst zu löschen. So hatten sie bald eine kleine Stadt umgangen und bei der nächsten kleinen Ortschaft sahen sie am Horizont einen kleinen Baumstreifen, wo in der Regel auch eine Wasserstelle war.

10. Erfahrungen mit Gift

Auf Grund vieler kleiner, entlegener Gehöfte stellte sich die Entfernung schnell als weiter entfernt, als angenommen heraus. Sie verloren ihre Kräfte und schlichen nur noch dahin. Endlich kamen sie am Ufer eines kleinen Baches an und Czirpan sprang Hals über Kopf in das Wasser. Nicht so Winna. Sie trank nur einen kleinen Schluck und war schon wieder dabei, in dem Baum und Buschstreifen nach Fressbarem Ausschau zu halten. plötzlich drang nur noch ein Wimmern an Czirpans Ohr und er sah, wie Winna sich am Boden liegend wand. Er lief so schnell ihn seine Pfoten trugen zu ihr hin, erkannte aber schnell, dass er nichts mehr ausrichten konnte. Winna zeigte nur noch auf am Boden liegende Fleischstücken und schloss für immer ihre Augen.

Czirpan roch vorsichtig an den Fleischstücken, die auf den ersten Blick nichts weiter als Teile eines Huhnes waren. Als er aber daran roch, hatten diese einen eigenartigen Geruch und sein Instinkt sagte ihm, dass er einen großen Bogen darum machen sollte. Das tat er dann auch, denn von weitem näherte sich ein Auto und und ließ ihn sich unweit eine sichere Deckung suchen. dem Auto entstiegen zwei heruntergekommene Typen und warfen Winnas Leichnam auf die Ladefläche

Das ging Czirpan nun doch zu weit.

Im untergehenden Tageslicht, erklang, Winna zu Ehren und für alle zur Warnung noch einmal der

Ruf der Wildnis.

Auf die zwei Mörder hatte dieser aber eine ungeahnte Wirkung. Sie sprangen eilends ins Auto und brausten davon. Czirpan brauchte noch einige Zeit, um das soeben gesehene zu verarbeiten. Im Schutze der Dunkelheit lief er erst langsam, dann immer schneller, weiter seinem Ziel entgegen. Von weitem sah er schon eine kleine Ortschaft, die ihm sehr bekannt vorkam.

11.Alte Freunde

Plötzlich kam eine wilde Hundeschar auf ihn zu. Als er gerade ernsthaft in Erwägung zog wegzulaufen, fiel es ihm wie Schuppen von den Augen. Gleich neben dem Leithund vorn, das war tatsächlich Buh. Dieser war zu einem prächtigen jungen Mischlingsrüden herangewachsen und wusste augenscheinlich auch genau was er wollte. Allerdings hatte nicht nur Czirpan Erkennungsprobleme. Auch Buh schaute ihn erst an, wie von einer anderen Welt. Beide fühlten sich von der ewigen Feindschaft zwischen Wolf und Haushund hin und her gerissen. Schließlich aber siegte die Vernunft und die Wiedersehensfreude. Bald war nur noch ein untrennbares Knäuel von sich ausgelassenen mit Czirpan balgenden Hunden zu sehen. Er überlegte schon, wie er schnell seinen Weg fortsetzen konnte, ohne seine Freunde zu enttäuschen, als ein ihm bekanntes Auto an ihnen vorbeifuhr. Schnell hatte er alle überredet ihm bei seiner Rache für Winnas tot zu helfen. Sie schlichen sich von allen Seiten an das Gehöft heran, in dem das Auto gehalten hatte. Als die zwei Mörder aus dem Auto stiegen, jagten auf sein Signal alle auf die Männer zu und verbissen sich in ihnen, wie ein Stück erlegtes Wild. Erst als ein Schuss fiel, ließen sie von den Männern ab und zerrten schnell Winnas Kadaver von der Ladefläche.

24

Am angrenzenden Waldrand scharrten sie eine größere Mulde aus und begruben Winna darin. Nach einem von Czirpan angestimmten Geheul gingen alle ihrer Wege. Czirpan verabschiedete sich noch schnell von Buh und setzte ohne zu zögern seinen Weg fort. Immer die entfernten Berge im Blick lief er, so schnell ihn seine Pfoten trugen immer parallel zu einer Bahnstrecke. Nach vielen Kilometern, verschwand diese plötzlich in der Erde. Wie sollte es nun weitergehen? Er wusste nur, dass er auf die andere Seite des Berges musste um seinen Weg fortzusetzen.

12.Die Wege unter der Erde

Schließlich vergaß er alle Vorsicht und lief den Schienen folgend in den dunklen Schlot des Berges. Am Anfang waren die Schwellen des Gleisbettes noch gut erkennbar, aber bald musste er sich auf sein Gefühl verlassen um nicht Gefahr zu laufen, sich die Pfoten an den scharfen Bruchstellen des Schotters zu schneiden. Letztendlich hatte er sich bald an die Dunkelheit gewöhnt und kam wieder schnell voran. Da glaubte er schon wieder Licht zu sehen, aber es war kein Tageslicht und kam heller werdend auf ihn zu. Er vernahm das rattern und schlagen schwerer Waggongs und einer Lok, die sich rasend schnell auf ihn zu bewegten. Gerade noch im richtigen Moment ließ er sich fallen und den Kopf hinunternehmen, da jagte das Ungetüm auch schon über ihn hinweg. Genau so schnell wie es gekommen war, verschwand es in entgegengesetzter Richtung in der Dunkelheit. Er erhob sich und musste sich erstmals den Schreck aus den Gliedern schütteln. Dann ließ er keine Zeit verstreichen und setzte seinen Weg schnell fort. Hinter der nächsten Biegung erwartete ihn ein Angriff dunkler Flugtiere. Da sie sich auch im Dunkeln schnell auf ihn stürzten, hatte er keine Möglichkeit sich zu wehren. Er kannte diese Tiere aus den Tagen vor vielen Monaten in der Höhle und wusste, dass sie keine unmittelbare Gefahr darstellten. Die Menschen nannten sie Fledermäuse. Trotzdem versuchte er nach ihnen zu schnappen, um sie sich vom Halse zu schaffen. Bei all dem Theater hätte er es fast nicht gemerkt, dass plötzlich Tageslicht sichtbar wurde. Nun rannte er, so schnell ihn seine Beine trugen dem Licht entgegen und war heilfroh, den Tunnel hinter sich zu wissen.

13.Der Winter naht

Hier war es nun Herbst geworden. Ein kalter Regen peitschte über das Land hinweg und so musste er kurz darauf einen Halt einlegen um sich das Wasser aus dem Fell zu schütteln. Er merkte deutlich, wie sich sein neues Winterfell nach außen schob und so musste er häufiger an Bäumen halten, um sich zu scheuern. Auch sein Magen machte sich bemerkbar und schrie nach Fressen. So kam ihm ein unvorsichtiger Hase gerade recht, da er ihn ohne viel Federlesens das Fell über die Ohren ziehen konnte. Sein Fleisch war zwar unter dem Fellmantel verborgen und mußte erst vom Balg getrennt werden, war aber sehr schmackhaft. Noch dazu, da er eine Hecke gefunden hatte, die ihm einen guten Sichtschutz bot. So konnte er seine Mahlzeit in aller Ruhe und mit Genuss verspeisen. Etwas in ihm sagte, dass er sich beeilen mußte. Erste kalte Herbstwinde zogen schon über das weite Land und sicherlich würde bald der Winter einsetzen. Sein Fell hatte es zuerst bemerkt und war dabei sich in den wärmenden Pelz zu verwandeln. Deshalb mußte er mehr Zeit für die Fellpflege aufwenden und pausierte öfters hinter einer geschützten Hecke. Plötzlich wurde er aus seinen Gedanken gerissen. Er hatte gerade einen größeren Holzsplitter aus seinem rechten Hinterlauf entfernt, als es ihn plötzlich wie elektrisiert aufspringen ließ. Neben ihm war eine Schlange aus dem trockenen Gras herausgekommen. Als er jedoch genauer hinschaute, war des nur eine Ringelnatter. Dennoch nahm er sich vor, in Zukunft vorsichtiger und umsichtiger zu sein.

14.Dasverhasste Federvieh

Als er so vor sich her döste gewahrte er über sich Schreie aus vielen Vogelhälsen. Es war ein Schwarm Wildgänse die sich auf den Weg in ihre Winterquartiere machten und sich jetzt auf der Wiese zum Pausieren niederließen. Czirpan konnte nicht anders als wie von der Sehne gesprungen in die Gänseschar hinein zu fliegen und er hatte das glück des Tüchtigen. Eine Gans hatte er am Halse erwischt und machte sich an den Federn zu schaffen. das erinnerte ihn daran, weshalb er nur ungern Vögel, egal welcher Art, erlegte. Die Federn stachen und die feinen Federn setzten sich in die Nase, was in der Regel ausgiebige Niesanfälle zur Folge hatte. Ach die Knochen bargen eine unerkennbare Gefahr, weil Röhrenknochen leicht splittern und nicht geschluckt werden dürfen. Nach diesem üppigen Mahl wollte er keine Zeit verlieren und lief im zügigen Trab weiter und die Berge, die die Menschen Hohe Tatra nennen, kamen immer näher.

15. Der Winter kommt

Dadurch konnte er sich endlich problemlos orientieren. Das war auch bitter nötig, denn am Horizont näherten sich die ersten schwarzen Wolken und sicherlich würde bald ein heftiges Unwetter aufziehen, bei dem selbst er es vorzog eine geschützte Deckung zu haben. Also zog er sich in das Dickicht einer Schonung junger Tannen zurück.

kaum hatte er sich hingelegt, fegte auch schon ein kräftiger Sturm mit in Schnee übergehendem Regen durch die Baumreihen. Da er Schnee schon bestens kannte, wusste er was zu tun war. Er rollte sich zusammen und zog den Kopf so weit wie möglich unter die Schultern. Dann versuchte er einzuschlafen in der Hoffnung, wenn er erwachen würde, wäre alles nur ein böser Traum gewesen. Selbst mit dem Einschlafen wollte es nicht so richtig klappen und so ergab er sich den Naturgewalten. irgendwie war er dann doch eingeschlafen und träumte von seinem Rudel, welches so sehnsüchtig auf seine Rückkehr wartete. Als die Sonne die ersten Strahlen zwischen den Ästen hindurch schob raffte er sich auf und lief weiter um die Starrheit aus den Knochen zu schütteln. An einem fröhlich vor sich hin plätschernden Bächlein pausierte er nur kurz um seinen durst zu löschen. im Umkreis befanden sich Spuren vieler Tierarten. Eine von ihnen konnte er beim besten Willen nicht zuordnen. Also folgte er diesen mit besonderer Vorsicht. der Weg führte immer entlang des

Wassers bis er an eine ausgespülte kleinere Wassermulde kam.

16.Merkwürdige Bekanntschaften

Dann sah er sie, die auf den ersten Blick lustigen Gesellen, die ihrem Abwerverhalten nach, nicht zu unterschätzenden Zwergbären. Wie er später erfuhr, handelte es sich um Waschbären, die fern ihrer eigentlichen Heimat eingeschleppt wurden und von den Menschen nicht gern gesehen waren. zumindest konnte man einen versuch machen, ob sie sich als Beutetier eigneten. Gesagt, getan. Als sich ein Kleines von der Gruppe löste hielt Czirpan die Gelegenheit gekommen. blitzschnell packte er den Kleinen im Genick und wirbelte ihn herum. dabei kamen dessen krallenbewehrte Pfoten seinem Gesicht gefährlich nahe und hinterließen an seiner Stirn zwei hässliche Schnitte. Das konnte Czirpan aber nicht davon abhalten dessen leblosen Körper aufzureißen und sich ein ausgiebiges Mahl zu gönnen. Allerdings zog er seine Beute erst ins nächste Dickicht, denn die ganze Bande schickte sich an die Verfolgung aufzunehmen. Später einmal erfuhr Czirpan, dass Waschbären in der Natur keine ernstzunehmenden Gegner haben. So beeilte sich Czirpan und nach einem großen Schluck aus dem Bergbach folgte er seinem

Instinkt und lief weiter in die Richtung, in der er sein Rudel vermutete

17.Nahe dem Ziel

Beim laufen zog Czirpan den Kopf soweit wie möglich zwischen die Schultern, denn ein eisiger Wind pfiff zwischen den Bäumen hindurch, nicht zuletzt, weil er immer höher in die Berge lief. Nun mußte er aber eine Pause einlegen, um sich zu orientieren. In einer Windpause glaubte er schon, seine Ohren würden ihm einen Streich spielen. Tief aus den Bergen klang ein sehr bekannter Ton zu ihm durch und der konnte nur von einer ihm sehr bekannten Kreatur kommen. Es war der Ruf der Wildnis, den er voller Freude zurückrief. Man hätte denken können zwischen den Bergen versuchte ein hundertfaches Echo einen Ausweg zu finden. Darauf konnte Czirpan aber nicht achten, denn er lief, so schnell ihn seine Pfoten trugen und stolperte über so manchen Knüppel, oder kleinen Felsvorsprung. Als er schon glaubte endlich da zu sein, mußte er aber feststellen, dass ihm wiederum nur sein Gehör einen Streich gespielt hatte. Jetzt war es aber so weit, auf einem nahen Felsplateau sah er einen seiner Art und dieser ihn. Jetzt jagten beide vor Freude auf sich zu.

18. der tiefe Fall

Doch mitten drin war eine tiefe Schlucht und so wurde der Weg immer länger. Plötzlich fehlten

jedoch urplötzlich 2 Meter des Weges und Czirpan strauchelte. Er konnte seinen Körper absolut nicht mehr abbremsen und so kam, was kommen mußte. Czirpan fiel und fiel und fiel, ohne auch nur den geringsten Halt zu finden. Genau so abrupt wurde der Fall beendet. Er schlug derartig stark auf, dass er dachte, keinen ganzen Knochen mehr zu haben. Deshalb öffnete er die Augen ganz vorsichtig und erschrak bei dem was er verschwommen sah. Er hing wie ein Teppich auf der Klopfstange, auf einem winzigen Felsvorsprung. Das an sich, war noch nicht das Schlimmste. Der rund herum befindliche Abgrund ließ ihn daran zweifeln, je wieder heil aus dieser Lage heraus zu kommen. Auch meldete sich sein Magen mit der Forderung nach fressen. da ihn der harte Felsen voll auf seinen Brustkorb drückte konnte er nur noch schwer atmen und schon gar nicht einen Ton von sich geben. Seine Gedanken schwirrten immer nur um die eine frage: "Soll das Leben so schell vorüber sein?" Dabei hatte er noch so viele Pläne. Vor allem würde sein Rudel vergebens auf ihn warten. Oder hatte es der Wolf auf der anderen Seite der Schlucht mitbekommen und würde die Nachricht weitertragen. Das ging dann auch schneller als gedacht und bald ver-
sammelte sich am Tal der kleinen Schlucht ein ganzes Rudel Wölfe, Czirpan Rudel und wenn es auch die Lage nicht zuließ hätte er am liebsten einen Luftsprung gemacht. Er hatte das Gefühl, dass sein rasant klopfendes Herz ihn

aus dem Gleichgewicht brachte. Darum schnappte er erstmal tief nach Luft und zwang sich zur Ruhe. Er fühlte sich wie als Kind, wo er auf der Jagd nach einem Eichhörnchen auf den Baum geklettert war, aber nicht mehr allein hinunterkam. Damals hatte er nur einen Ausweg gehabt, sich einfach fallen zu lassen. Über seine Lage nachzudenken hätte ihn, da sie einfach ausweglos war, auch nicht weitergebracht. Jetzt, wo er genauer hinsah, erkannte er auch den Wolf, der mit ihm gelaufen war. Es war Raslik und daneben stand Klavka. Bei der Ansicht seines Rudels, welches ihn sehnsüchtig erwartete, ging ihm das Herz auf und er hätte fast alle Vorsicht vergessen. Bevor ihm das richtig klar wurde, setzte sich sein Körper schon in Bewegung und folgte den Gesetzen der Schwerkraft. Czirpan konnte nur noch kurz aufjaulen, dann wurde er vor Angst und Schmerz ohnmächtig. Als er ganz vorsichtig seine Augen zu öffnen versuchte, schoss ihm als erstes ein greller Sonnenstrahl mitten ins Gesicht, so dass er sie schnell wieder schloss. Er wusste nicht was geschehen war. In Gedanken hing er noch auf dem kleinen Felsvorsprung. Erst als Klavka ihm zärtlich die Lefzen leckte, wäre er am liebsten aufgesprungen. Schon beim Versuch misslang das, denn er spürte nur Schmerzen und dachte schon, jeder Knochen wäre einzeln gebrochen. So schaute er nur einmal im Kreis herum und zählte die Wölfe seines Rudels. Jetzt erschreckte er vor dessen Größe. Die immerhin

20 Wölfe hingen die Köpfe und schauten ihn fragend an. Das war also ihr vielgepriesener Leitwolf. Sie hatten sich ihn etwas anders vorgestellt und hielten sich deshalb zunächst lieber an Raslik. Der legte kurzerhand fest, das Nachtlager an Ort und Stelle aufzuschlagen unter diesen haushohen Tannen, die Czirpan Sturz abgefedert hatten und ihn fast sanft zu Boden gleiten ließen.

19.Entscheidungen

Czirpan mußte unwillkürlich an die Episode seiner Jugend danken, wo ein Eichhörnchen ihn und Jana mit Eicheln beworfen hatte und sie sich vor Angst fast ins Fell gemacht hatten. Schnell war er wieder in der Wirklichkeit, denn Klavka stupste ihn mit der Nase um ihn zum Aufstehen zu bewegen. Es mussten nämlich Entscheidungen getroffen werden über den Fortbestand des Rudels. Fest stand nur, dass es nicht möglich war ein solch großes Rudel regelmäßig mit Futter zu versorgen. Auch konnte die naturgemäße Rivalität von Czirpan und Raslik nicht lange gut gehen. Also hielten sie Kriegsrat.

20.Getrennte Wege

Viele ältere Wölfe wollten den Weg unbedingt weiter mit Czirpan und Klavka gehen. Es gab aber auch nicht wenige, die Raslik favorisierten. Als der morgen graute gab

Czirpan seine Entscheidung bekannt. Er und Klavka würden mit der Hälfte des Rudels weiter in die Berge des Kaukasus ziehen. Raslik und Jana, sowie die andere Hälfte, zumeist jüngerer Wölfe würden im Bereich der großen Berge, die die Menschen hohe Tatra nennen, verbleiben. bevor sie getrennte Wege gingen, würden sie aber noch eine gemeinsame große Jagd

durchführen. Czirpans Rudel würde einen großen Sprung Rehe in die Fänge von Rasliks Rudel treiben, denen es zukam das blutige Werk zu vollenden. Man hielt sich nicht lange mit Einzelheiten auf, denn der neue Tag hatte sandte bereits die ersten Sonnenstrahlen in die Täler und das Tageslicht erschwerte es, sich der Beute unbemerkt anzuschleichen. Da Czirpan sich erst noch wieder an solch große Jagden gewöhnen mußte, überließ er die Führung des Rudels zu großen Teilen Klavka, die in den letzten Jahren in diese Aufgabe hineingewachsen war. So legte sie auch ein Tempo vor, dem der noch angeschlagene Czirpan nur mit Mühe folgen konnte. Auch führte Klavka das Rudel zielsicher um den Sprung Rehe herum. Hier überließ sie Czirpan das Signal zum Angriff und so ertönte seit langer Zeit wieder der "Ruf der Wildnis durch die Berge der Hohen Tatra. Ohne Zeit zu verlieren stürmte das Rudel vorwärts. Die Rehe stoben auseinander und flüchteten in ihrer Angst in die beabsichtigte Richtung. Czirpan spürte nach langer Zeit wieder den Wind um seine Brust streifen. Jetzt war aber nicht die Zeit für Gefühle, jetzt war Jagd angesagt und alles andere hatte sich unterzuordnen. Fast hätte er den Lauf eines Rehes zu fassen bekommen, doch da stoppten diese als wären sie gegen eine Wand getroffen. Eh Czirpan es sich versah, war er im dichten Kampfgetümmel. Er konnte nur kurz Raslik ausmachen, dann stürzte er über ein scheuendes Reh. Er kam zur Besinnung und wie automatisch biss er sich im Hals eines jungen Rehes fest. Jetzt wusste er, dass er wieder angekommen war in der Wildnis. Rings um ihn herum fand das große Fressen statt. Auf Grund der Reichhaltigkeit gab es nicht einmal die sonst üblichen kleinenAttacken des Futterneides. Selbst die Kleinen zerrten und lutschten an zarten Fleischstückchen herum. So war der große Hunger auch schnell gestillt und die Ersten schon unterwegs zu einer Wasserstelle. Selbst diejenigen, die keinen großen Durst verspürten, nutzten die Gelegenheit zum trinken. Wer wusste schon, wenn sich die nächste Gelegenheit bot und nur vom Schnee war es auch nicht befriedigend. So machten sie sich auf in die schneebedeckten Wiesen, Wälder und Felswände. dabei hatten sie kein konkretes Ziel vor Augen.

21.Vorfahrt missachtet

Aufpassen mussten sie nur auf die Menschen mit zwei Brettern unter den Füßen. Die waren so, außergewöhnlich schnell. Besonders zwei junge Wölfe konnten ihnen nicht ganz ausweichen und da sowohl Menschen, wie auch Wölfe voreinander erschraken, hielt es beide nicht mehr auf den Füßen und schon rollten sie wie riesige Schneebälle die abschüssige Fläche herab. die Wölfe konnten sich schon bald darauf durch den Anprall an einen größeren Stein von ihrer eisigen Umklammerung befreien. Von den Menschen war erstmal nichts mehr zu sehen und nur laute Schreie zeugten noch von ihrer entferntenAnwesenheit. Schnell halfen alle die zwei Pechvögel wieder auf die Pfoten zu kommen. Man wusste ja nicht, was die Menschen noch für Überraschungen auf Lager hatten. Da war es schon besser das Weite zu suchen. So stürmte der wieder zu Kräften gekommene Czirpan an der Spitze seines Rudels voran in die verschneite Ferne. Schnell merkten sie aber, dass die Luft dünner wurde und das Atmen schwerfiel. Auch machte sich wieder der Hunger bemerkbar.

22. Komische Rehe

Czirpan entdeckte am gegenüberliegenden Berghang mehrere Punkte, die sich beim genaueren hinschauen als Rehe entpuppten. Das konnten aber keine sein, denn Rehe hatten keinen kurzen zerknautschten Rüssel. Czirpan beschloss, erstmal vorsichtig zu testen, ob diese auch als Fressen taugten. Er schickte ein paar von den Jungwölfen aus, um das kleinen Sprung zu umgehen und in die Richtung seines

Rudels zu treiben. Wie es aussah hatten die
jungen Rüden auch kein Problem damit, auch
weil sich mehrere Jungtiere im Sprung
befanden.

23. Pinselohr greift ein

Als sich der Sprung gerade in Bewegung setzen
wollte, traute Czirpan seinen Augen nicht. von
einem Baum herab sprang eine große Katze auf
das am nahesten stehende Jungtier, erlegte es
mit einem Genickbiss und zog es ins Unterholz.
Als sich die Jungwölfe vom ersten Schreck
erholt hatten und ihm folgen wollten, stutzten
sie einen Moment. diesen Augenblick hatte die
Katze genutzt und war auf den nahest
gelegenen Baum geklettert, von wo aus sie die
Wölfe nur mit einem Fauchen verhöhnte. Da
war auch die zurückgelassene Beute kein Trost.
Selbst um die Aufteilung gerieten sie noch in
Streit.
Jetzt war es an Czirpan für Ordnung zu sorgen,
doch das war schwerer als erwartet, da fast alle
Czipans "Schwächeanfall" miterlebt hatten.
Erst Klavka sorgte schnell wieder für Ordnung.
So halfen sie und Czirpan sich gegenseitig die
Führung des Rudels nie aus der Hand zu geben.
Ganz so einfach war es dann doch nicht, denn
Slavka wirkte merkwürdig ermüdet in letzter
Zeit, doch wer außer ihr konnte schon ahnen,
dass sie nicht nur für sich, sondern auch für

etwas in ihr wachsendes nun Verantwortung trug. So zogen sie weiter entlang von der Schneelast brechenden Bäumen. Nichts desto Trotz war es Zeit an einen Lagerplatz zu denken um sich etwas zu erholen. Den fanden sie dann auch schneller als erhofft. An einem zugefrorenen See unter tief herabhängenden Tannenzweigen. die Schnelligkeit, mit der sich alle zur Ruhe legten zeugte von den ungewohnten Anstrengungen in der schon dünner werdenden Luft und den wachsenden Schneehöhen. nur Czirpan fand so schnell keine Ruhe und schlief erst zum Morgengrauen ein. Es war ihm jedoch kein langer Schlaf beschert.

24.Junger   Übermut auf Eis gelegt

Ein Jammern und Bellen brachte ihn ruckartig in die Wirklichkeit zurück. Allerdings sträubten sich auch seine Nackenhaare, als er sah, in welcher Gefahr die zwei Jungspunte sich befanden. Nicht weit vom Ufer entfernt stand ein Gazellenkitz und schrie verzweifelt nach seiner Mutter. Die zwei versuchten nun, ob das Eis sie tragen würde. Mehr als ein-zwei Körperlängen kamen sie allerdings nicht voran, dann gab die dünne Eisdecke nach und sie landeten Hals über Kopf im Wasser. Da sie es noch versäumt hatten ihr dichtes Fell einzufetten, sog es sich voll wie ein Schwamm. das allein schon bedeutete bei diesen Temperaturen höchste Lebensgefahr. deshalb war Czirpan mit zwei-drei Sprüngen bei ihnen. Er schnappte sie sich am Kragen und jagte sie zurück zum Rudel, wo darauf geachtet wurde, dass sie das Wasser richtig herausschüttelten und schließlich auch trocken geleckt wurden. Czirpan konnte auch niemandem ernsthafte Vorwürfe machen, denn als Zweijährige waren sie größtenteils schon für sich selbst verantwortlich. So schweiften seine Gedanken weit ab , bis bei ihm der Groschen fiel.. Das fiepende Rufen des Kalbes ließ ihm keine Ruhe. Sich selbst aufs Eis zu begeben kam gar nicht in Frage, aber wo ein Kalb war, mußte auch eine Mutter sein. Das wollte er aber nicht allein herausfinden, deshalb schlich er sich leise zum Rudel zurück! Nach einer kurzen Beratung,

kannte jeder seine Aufgabe und begab sich an den ihm zugewiesenen Platz im Ring. Auf Czirpans Signalruf zogen sie die Schlinge um die Antilope immer fester zusammen und stürmten schließlich der Mitte entgegen. diese hatte nicht die Spur einer Chance zu entkommen. So war das Ende auch schnell erledigt. Jetzt lagerten alle im Halbkreis um die reichliche Nahrung. jeder, auch die Kleinen hatte seinen großen Klumpen Fleisch vor sich und ließ es sich munden. Wie immer war der Appetit größer als der Hunger. Während einige schon zur Verdauung hindämmerten, kam anderen die unbewachte Beute gerade recht. Auch Czirpan hatte seinen Teil verschlungen und lief zum See um einen kühlen Schluck Wasser nachzuspülen. dabei erwischte er die zwei kleinen erneut am See. diesmal ließ er aber Gnade vor Recht ergehen und tat das Ganze mit einem leisen rügenden Bellen ab. Er empfand es dennoch als schade, dass das Antilopenkalb wahrscheinlich im See ertrunken war. Da seine Welt nun wieder in gewohnten Bahnen verlief lief er auch zum Rudel zurück und legte sich schlafen. Zuvor hatte er noch zwei Halbwüchsige als Wache eingeteilt, um bösen Überraschungen vorzubeugen.

25. Klavka zieht sich zurück

reichliche Ernährung wurde immer wichtiger, da in den Bereichen, wo sie auf Jagd gingen teils meterhohe Verwehungen das Vorwärtskommen behinderten und nur noch in einer Reihe möglich war. Es kam noch ein Problem hinzu, das keiner voraussehen konnte. Klavka Bauch wurde immer größer, denn sie trug wieder Nachwuchs unter dem Herzen. Da half es auch nichts, wenn alle sich um sie bemühten. Czirpan hatte sich lange mit ihr unterhalten, denn sie wussten, dass der

Nachwuchs nicht unter diesen Bedingungen aufwachsen konnte.Also beschlossen sie ,daß Klavka in die Hohe Tatra zu Raslik zurück gehen sollte. Also trennten sie sich schweren Herzens voneinander. Czirpan gab ihr noch zwei Halbstarke mit, die Schneepflug spielen sollten und für das Fressen verantwortlich waren. Lange schaute Czirpan den drei hinterher und ließ zum Abschied noch mal den Ruf der Wildnis erschallen, den nur Klavka von ihm gelernt hatte und nun auch antwortete. Alle anderen Wölfe des Rudels scharten sich jetzt noch enger um ihn, denn Klavka hatte ihnen als Leitfähe, stets Ruhe und Zuversicht gegeben. Viele waren auch ihre Kinder und unter ihrer Aufsicht zu starken Wölfen herangewachsen.

26.

26.Es muss weitergehen

Nachdem die drei außer Sichtweite waren, erklärte Czirpan den anderen grob umrissen, die beabsichtigte weitereVorgehensweise. Er wollte mit dem Rudel weiter westwärts ziehen.

Zur

Überraschungen, legte erein Vorrauskommando unter Führung eines dreijährigen Jungwolfes fest. Kilian hatte sich in den vergangenen Wochen, als zuverlässig und Czirpan treu ergeben, herausgestellt. Jetzt hieß es aber zügig Weiterzuziehen, denn am Himmel ballten sich bereits die Wolken eines weiteren neuen Schneesturms zusammen. Bis dahin wollte Czirpan noch den Rand eines einzelnen Berges erreichen. Er hoffte da Schutz vor den eisigen, schneidenden Sturmböen zu finden. Jetzt hieß es aber erst mal alle Kräfte zusammenzunehmen, um durch den tiefen Hochschnee voran zu kommen. Kilian gelang es, eine Spur niederzuwalzen, in der sein Trupp und das Hauptrudel mehr recht als schlecht voran kamen. Als sie endlich da waren, brach der Sturm auch schon mit voller Härte los. Sie sprangen nur noch mit einem letzten Satz unter einen mit Geröll gefüllten Felsvorsprung und rollten sich in ihr dichtes Fell ein, denn selbst hier lud der Schneesturm seine weiße Last in riesigen Wehen ab. Es dauerte nicht lange und sie lagen in einem flachen Schneeiglu. Ihr Atem sorgte dafür, dass die Innenfläche schnell wie blankes Eis glänzte.

27.   Überraschungen bei Tageslicht

Mit einem Schlag kehrte eine gespenstige Ruhe ein. So langsam dämmerte es allen, dass sie sich, wie in einem Eissarg befanden. Ein junger Rüde wollte anfangen, sich ein Luftloch nach Außen zu buddeln, mußte aber feststellen, dass die Innenwand tatsächlich aus zentimeterstarkem Eis bestand. So mußte er sein Unterfangen sehr schnell aufgeben, als seine Pfoten anfingen zu bluten. Eine Lösung mußte gefunden werden, das war auch Czirpan klar. Außerdem mußte für Nahrung gesorgt werden. Wasser hatten sie ja in Hülle und Fülle. Auf engstem Raume versuchten sie nun die

Plätze zu tauschen, so dass der Nächste weiterarbeiten konnte. Der dritte vermochte schon mal wenigstens auf die obere Schneewand zu stoßen. Jetzt ergab sich aber ein fast noch größeres Problem, denn der oben herabfallend Schnee mußte irgendwo hin, ohne den grabenden völlig zu verschütten. Als Czirpan das bittere Ende kommen sah und alle nur noch auf ein Wunder warteten, kam Czirpan die lebensrettende Idee, ohne dass er sie als solche betrachtete. Er bellte allen eine Nachricht, sich die Ohren zu verschließen und wenn unter den beengten Tatsachen möglichst zuzuhalten. Dann erklang zum Schrecken der anderen d*er" Ruf der Wildnis" A*uf Grund der Hallwirkung in dem kleinen Raum, konnten sogar leise,
stark gedämpfte Töne nach draußen gelangen. Wie der Zufall es wollte war genau zu dieser Zeit ein anderes Wolfsrudel in der Nähe vorbeigezogen. Eine Fähe hatte sich etwas abseits dieses Rudels etwas Ruhe gegönnt. Nennen wir sie mal Bella. Sie war auch nicht mehr die jüngste und wollte eigentlich nur vom Kampf gegen die Schneegewalten etwas pausieren. Als sie so vor sich hin dämmerte, vernahmen ihre auch im Schlaf wachsamen Ohren unter sich erst ein stark gedämpftes Wolsgeheul und dann ein kratzen. Damit war ihre Neugier endgültig geweckt und ließ ihr keine Ruhe mehr. das um so mehr, da sie das Geräusch nicht einordnen konnte. Also fing sie an mit den Vorderläufen zu buddeln, bis sich

bald ein kleiner weißer Hügel hinter ihr türmte und sie die Scharr-richtung ändern mußte. So entstand bald ein, einer Wanne ähnliches Loch. je tiefer sie kam, umso deutlicher waren die Kratzgeräusche unter ihr. Erst hielt sie es für das Echo ihrer eigenen Arbeit. Dann vernahm sie aber darin auch ein leises Winseln. Das stachelte ihren Eifer um so mehr an. Zunächst mußte sie aber die Ränder ihres Loches abtragen um Platz für neuen ausgegrabenen Schnee zu schaffen. Nun forderte ihr Körper eine Erholungspause... Sie traute ihren Augen nicht, als nur 2 Sprünge entfernt ein Hase vorbeihoppelte. Bella mochte zwar keine Hasen, wegen der lästigen Haare, aber es war besser als gar nichts im Bauch zu haben. kaum, dass sie den letzten Bissen hinuntergeschlungen hatte, trieb sie ihre Neugier wieder in ihr loch und obwohl ihre Pfoten schon wund waren, fing sie wieder an zu scharren. An dem einen Rand tat sich plötzlich ein Löchlein auf und verschlang den darüber liegenden Schnee. Gleichzeitig wurde das Jaulen immer stärker und alsbald streckte sich ein Wolfskopf ihr entgegen. Beide schauten sich an, als hätten sie ein Gespenst gesehen. Das dieses Gespenst Czirpan hieß, konnte sie natürlich nicht wissen, bekam sie aber sehr schnell mit. Vor Freude, dem eisigen Tot entgangen zu sein, alberten Czirpan und seine Gefährten wie kleine Kinder im Schnee herum. Bella dachte schon man wolle sie einfach ignorieren und das, obwohl sie ihnen gerade das Leben gerettet hatte. Dem war aber ganz und gar nicht so, nur war der anderen Geist von Schnee, Freiheitsfreude und grellem Licht vernebelt. Czirpan fand sich aber schnell in diesem neuen Leben zurecht und konnte seine Augen gar nicht von der schönen Bella lassen. So begann er sie, eigenartige Knurrlaute ausstoßend und mit dem Kopf streichelnd, zu umgarnen. In ihm kamen, lange nicht gekannte Liebesgefühle, herauf. So ließen sie sich, auch von den Blicken der anderen, nicht wirklich abhalten, ihr Liebesspiel zu genießen. Von einem Moment zum anderen hatte das aber ein Ende.

28. Horatio

bei Czirpan stellten sich alle Nackenhaare auf und tief aus seinem Innern kam ein böses und herausforderndes knurren, noch bevor Horatio den Platz betreten hatte. Es war der Leitwolf von Bellas Rudel, der jetzt unmissverständlich Bellas Rückkehr und Czirpan zum Kampf forderte. So standen sich beide gegenüber und tauschten Blicke aus, die nichts Gutes erwarten ließen. Doch dann, alle waren noch in einer Art Schockstarre, löste sich die Situation wie von selbst auf. Beide hatten sich lange gegenseitig gemustert und waren zu dem Schluss gekommen, dass es bei diesem Kräfteverhältnis keinen Sieger geben würde. Deshalb handelten sie ein Abkommen aus. Das besagte, dass Czirpan sich mit seinen Getreuen Horatios Rudel anschlossen, aber weitestgehend autonom handelten. Das hieß, dass sie für ihr Futter selbst zuständig waren, an größeren Jagdunternehmungen des Rudels aber teilnahmen.

So hielten sich die drei etwas abseits des Rudels. Da Bella sich ihnen angeschlossen hatte, waren sie mit ihrer Rolle weitestgehend zufrieden und verlegten sich vorerst auf das jagen von Hasen und jungen Steinböcken. Das war Horatio natürlich nicht entgangen. Es führte zu einer weiteren Absprache zu Czirpans, Kilians und Bellas Rolle im Rudel. Sie unterwarfen sich ohne wenn und aber Horatio als Leitwolf. Gleichzeitig übernahmen sie die Rolle der Vorhut und Angriffsspitze bei Jagdzügen. Das das nicht gerade in Czirpans Sinne war, kann man sich leicht denken, denn wenn sie Horatius ohne eigenen Willen Horatios Befehlen folgten, konnte das nicht nur für sich selbst in den Untergang führen. Czirpan ahnte schon Schlimmes, als Horatio kundtat, man wolle einen Büffel erlegen um die Fleischknappheit zu beenden. Nun waren, wie Czirpan wusste, die Büffel durchaus wehrhafte Tiere, bei denen man mit allem rechnen mußte. Nur einmal hatte er bereis diese Tiere aus der Ferne gesehen, aber auch so waren sie im Vergleich zu Wölfen riesig. Das versucht er Horatio vorsichtig zu vermitteln.

29. Der Büffel

Dieser ließ sich aber nicht von seinem Planabbringen. Er hatte am Vortag eine kleine Gruppe dieser Tiere an einem Waldrand gesehen, wo sie mit ihren Hufen den Schnee wegkratzten, um an die darunter gelegenen Gräser Flechten und Moose zu gelangen. Sie führten ein Kalb mit, was vermuten ließ, dass sie dieses bis zum bitteren Ende verteidigen würden. Unvermeidbar mußte er an die, viele Monde zurückliegende Elchjagd, denken und wie aufopferungsvoll die Elchkuh bis zu ihrem letzten Tropfen Blut ihr Kalb verteidigt hatte

30.Die Jagd

Also tüftelten sie einen Schlachtplan aus, der so simpel war, dass man gar nichts verkehrt machen konnte. Er bestand darin, die Gruppe einzukreisen und von allen Seiten auf Horatios Signal anzugreifen. Welches, vergaß Horatio in der Aufregung.
Czirpan und sein Trupp sollten sich um den Bullen kümmern und der verbleibende Rest um Kuh und Kalb. Czirpan teilte seinen Trupp allein ein. Von links, von rechts, von hinten und er selbst frontal. So verging die Zeit sehr schnell und da von Horatio kein Signal kam, wollte Czirpan auch nicht länger warten. Kilian und Bella schickte er los, um den Bullen beidseitig zu attackieren, während er von vorn kam. Alles andere ging sehr schnell. Der Bulle wusste nicht zu welcher Seite er sich zuerst wenden sollte und so hatte Czirpan die einmalige Gelegenheit mit einem weiten

Sprung im Genick des Bullen anzukommen und sich in seinem Nacken festzubeißen. Das war schwieriger als es den Anschein hatte. Der Bulle sprang ausschlagend nach allen Seiten und versuchte Czirpan abzuschütteln. Lange würde Czirpan auch nicht mehr durchhalten, denn auch der Nackenbiss wurde durch die Bewegungen gelockert und nachzufassen getraute sich Czirpan durch die Gefahr abgeworfen zu werden, auch nicht. Da kam Czirpan ein glücklicher Moment zu Hilfe. Da Kilian und Bella dem Bullen in den Flanken attackierten, wusste der der einen Augenblick nicht, welchen Angreifer er zuerst loswerden wollte und konnte. So konnte Czirpan kurz den Biss nachfassen und sich an einer dem Rückrat näheren Stelle des mächtigen Nackens, festbeißen. Er spürte, wie sein kräftiges Gebiss immer tiefer in Fleisch des Bullern eindrang und endlich auch auf knöchernen Widerstand des Rückgrates stieß. Jetzt hatte es Kilian auch die Kehle erreicht erreicht und überall schossen kleine Blutfontänen aus dem Körper, da Bella die Halsschlagader zerfetzt hatte. Alles konnte nur noch eine Frage der Zeit sein, bis der Bulle seinen Verletzungen erlag. Es wurde aber auch Zeit. mit dem nächsten Schleudern des Kopfes konnte Czirpan sich jetzt nicht mehr halten. Er merkte, wie sein kräftiges Gebiss sich unter Schleuderkraft, langsam und ohne eine Möglichkeit entgegenzuwirken, öffnete. Dann ging alles ganz schnell. Czirpan flog im hohen Bogen davon und landete unversehrt in einer mächtigen Schneewehe. So gern hatte er den Schnee sein Leben lang noch nicht gehabt. Dennoch brauchte er etwas Zeit um sich zu orientieren und in der richtigen Richtung zu graben. Da hörte er ein Bellen und schon ging es leichter. Als er endlich den Kopf herausstreckte, sahen ihn zwei sehr bekannte bernsteinfarbene Augen an. Es war Bella, die ihn innerhalb kurzer Zeit nun schon das zweite mal aus einem Schneeloch half. Als auch noch Kilian putzmunter auftauchte, war für Czirpan die Welt wieder in Ordnung. Jedoch wurde er sehr nachdenklich. Wie hatte er nur zulassen können, dass er und seine Freunde in solch eine Gefahr gerieten. Er nahm sich vor, sich nie mehr blindlings für die Pläne anderer missbrauchen zu lassen. da kam bei ihm eben die Natur eines erfahrenen Leitwolfes zum tragen. Zu diesem Zeitpunkt wußte er noch nicht, dass diese Entscheidung bald kommen würde. Jetzt hieß es aber erstmal sich nach langem Darben den Wanst am Überfluss vollzuschlagen. Obwohl für das ganze Rudel jetzt Fleisch im Überfluss vorhanden war, kam es doch schon wieder mitunter zu kleinen Rangeleien um die besten Stücke der Innereien und die Fähen hatten Mühe diese rechtzeitig für die Jungwölfe, mit ihren weichen Fängen, abzuzweigen. Nachdem alle Mägen reichlich gefüllt waren, beschloss Horatio nicht weit entfernt am Waldrand zu lagern.

31. Hilfe, Kind weg

Plötzlich brach aber Unruhe aus. Ein Jährling war spurlos verschwunden und noch so lautes rufen half nichts. Da hörte Kilian ein leises Fiepen und ging der Sache auf den Grund. Es führte ihn zu den verendeten Körpern der Wisente und war dennoch nicht genau auszumachen. Auch konnte er keine Witterung aufnehmen, da alles nach Fleisch roch und selbst ein Luftzug diesen Geruch nur verbreiterte. So rief er Czirpan und Bella zu Hilfe. die drei stellten sich nun kreisförmig um die Stelle, an der Kilian den letzten Laut gehört hatte und zogen den ring, wie bei der Jagd immer enger. Schließlich stießen sie, über der erlegten Wisentkuh, fast mit ihren Fängen aufeinander und plötzlich war das Jammern ganz nah. Es streckte sich ihnen ein Blutverschmierter kleiner Kopf entgegen und die Freude war riesig. Seine Mutter war natürlich auch sofort da und zog ihn am Genick aus dem ausgeweideten Körper. Jetzt jammerte der Kleine erstmal so richtig los.

32. Neue Pläne

Vom großen Erfolg bestärkt, dachte Horatio schon an neue Jagdzüge. Diesmal wollte er den großen Ziegen auf den großen Steinen ans Leder. Wie diesen am besten beizukommen war, wusste er allerdings auch nicht, denn es fehlten jegliche und sämtliche Erfahrungswerte. Deshalb wehrte Czirpan auch sofort ab, als

Horatio ihn um Rat fragen wollte. Soweit war es allerdings schon gekommen, denn Czirpan hatte sich durch seinen Kampf mit dem Büffel ein hohes Ansehen im Rudel erworben und Horatio mußte sich etwas einfallen lassen, um sich als Leitwolf zu bestätigen, dabei hatte Czirpan keinerlei Ambitionen das Rudel zu übernehmen. dafür war sein Leben gerade in ruhige und Kräfte sparende Bahnen geglitten. Also mußte Horatio schon selbst ran. das sah er auch ein und verstärkte sich erstmal mit ein paar bereits des Rudels verwiesener Dreijähriger. In den großen Steinen war es kreuzgefährlich, da man nie wusste, welche Stellen vereist waren, oder gar brüchig und die Steinböcke schließlich da beheimatet waren. Also beschloss er, dass die Jüngeren ihm den Steinbock entgegen in die Falle jagen sollten Mit dem Rudel in der Hinterhand fühlte er sich sicher und unbesiegbar.

33. Los geht's in die Steinwelt

So zogen seine Helfershelfer Wilf, Wulf und Walf los und mußten das Gebiet schon sehr weiträumig, ohne Sichtkontakt, einkreisen. Also beschloss jeder für sich, dass es Zeit wäre die Einkreisung enger zu ziehen. dadurch kam es, wie es kommen mußte. Plötzlich standen sich zwei nach schon riskanter Klettertour direkt gegenüber und hätten sich fast noch in die Wolle gekriegt. Nur der herbeigekommene Wilf konnte die beiden Streithähne, Wulf und Walf noch im letzten Moment auseinander halten.

34. Horatios Pech

Also beratschlagten sich die drei erneut, was sich jedoch als äußerst kompliziert herausstellte da sie keine Ahnung hatten, wo die Bergziegen überhaupt waren, geschweige denn, eine gesehen hatten. So schlichen sie erstmal hintereinander um den Felsen herum. Da meinte es der Zufall auch mal gut mit ihnen. Als ein Stück vor ihnen ein paar lose Steine herabrollten und sie wie auf Kommando hoch schauten, sahen sie ihn. Ein stattlicher Bock mit einem mächtigen Gehörn, was sie tief beeindruckte und erste angstvolle Zweifel aufkommen ließ. Jetzt wollten sie ihn aber doch endlich aus seinemFelsenreich hervor treiben. Zwei nahmen ihn von links in die Klemme und der Dritte, Wilf, von rechts. Das war jedoch einfacher gesagt, als getan. Die ersten großen Sprünge funktionierten einwandfrei und gaben Mut für weiteres. Wulf und Walf stachelten sich gegenseitig an und so kamen sie ihm schon recht nah, bis auf einen letzten kleinen Felsvorsprung. Keiner wollte sich vor dem anderen blamieren, oder sogar Angst zeigen. Das verbot ihnen ihre Ehre, als fast ausgewachsene Rüden. Also nahm Wulf Anlauf und sprang wie von der Sehne geschossen und erreichte die Stelle. Jedenfalls mit den Vorderläufen. dann versuchte er krampfhaft, nach oben zu kommen. plötzlich stand da aber der Steinbock und gab ihm noch einen Stoß mit seinem Gehörn. Nun hörte man nur noch ein klägliches Wimmern und dann war Totenstille. Wulf war viele Meter tief in eine Felsspalte gefallen. Selbst, wenn er den Sturz überlebt hätte, aus dieser Falle gab es kein Entrinnen. Walf stand wie vom Blitz getroffen und wären Wölfe nicht grau, so hätte man gesehen, dass er im Gesicht völlig blass war. So deutlich hatte er in seinem jungen Leben noch nie dem Tot ins Auge geschaut. Jetzt mußte es aber weitergehen und es setzte sich in ihm instinktiv das Wildtier durch. Also bellte er seine Hilferufe ins Nichts, in der Hoffnung, dass Wilf ihn hörte.

Wenigstens dieser Wunsch ging in Erfüllung und schon bald stand dieser neben ihm und sie steckten die Köpfe erstmal ganz dicht zusammen um sich gegenseitig zu trösten. Sie waren zwar schon längere Zeit aus dem Rudel verstoßen, aber so allein und hilflos hatten sie sich noch nie gefühlt. Als erstes fand Wilf wieder seine Stimme und schimpfte lautstark über Horatios sinnlosen Plan und weshalb sie sich nur , darauf eingelassen hatten. Gut, dass Horatio sie nicht hören konnte, denn die Flüche und Verwünschungen hätten auch sein Blut arg in Wallung versetzt. So machten sie sich an den Abstieg, denn sie hatten gar nicht gemerkt, dass sie den Berg schon ein gutes Stück erklommen hatten. so hieß es also von Vorsprung zu Vorsprung mit voller Konzentration abzusteigen. Dabei merkten sie nicht, dass ihnen der Widder in sicherem Abstand folgte. Das wiederum hatten Czirpan und seine Freunde mitbekommen und rüsteten sich, ihren nächsten großen Fang zu machen.

35. Ausgetrickst

Czirpan erinnerte sich, ähnliche Tiere in einem kleinere Format(Wildschafe-Mufflons), schon einmal in der Lausitz gesehen zu haben und wusste um die Gefährlichkeit der Stöße ihrer Gehörne. Diesmal sollte aber Kilian zeigen, was er gelernt hatte, denn schließlich war aus ihm inzwischen ein prächtiger Rüde geworden. Schade nur, dass er wahrscheinlich keine

Chance hatte, einmal der Leitwolf eines Rudels zu werden. Nun überließ ihm Czirpan also den Steinbock, zum Nachweis seiner Fähigkeiten. Nicht zuletzt spürte Czirpan auch das Alter in seinen Knochen und damit seine sinkende Ausdauer und Spritzigkeit. So gab er dem Jüngeren noch ein paar Ratschläge und stellte sich selbst in die zweite Reihe.

36. Kilians Meisterstück

Kilian platzierte sich auf einem am Wegesrand liegenden größeren Steinblock. Czirpan und Bella betrachteten sich die Sache aus weiterer Entfernung. Sie konnten gerade noch in Deckung gehen, als auch schon die beiden Pechvögel Walf und Wilf nahten, mit dem Steinbock im Schlepptau. jetzt mußte es schnell gehen und es hing alles von Kilians weiteren Handlungen ab. Als sie auf Höhe des Steinblocks waren, sprang Kilian dem Steinbock von hinten ins Genick, immer bedacht, den Spitzen der Hörner nicht zu nahe zu geraten. Mit einem festen Biss ins Genick verschaffte er sich erstmal eine kleine Verschnaufpause. Jetzt merkte er erstmals das Gefühl, dem Rückgrat und damit dem Sieg ganz nahe zu sein. Ganz so leicht ging es aber doch nicht und er mußte ein zweites mal zupacken, um die Stelle mit der geringsten Muskelmasse zu erwischen. Von Weitem sah es aus, wie ein Rodeo-Reiter, der krampfhaft versucht auf seinem tierischen Untersatz zu bleiben. Der Bock versuchte alles, um Kilian abzuschütteln und ein störrischer Esel hätte es nicht besser gekonnt. Jetzt sah Czirpan den Moment seines Eingreifens gekommen und nach nur einem kurzen Blick zu Bella, stürmten beide los. Da der Steinbock mit seinem Gegner im Genick zu kämpfen hatte, war es ihm unmöglich die Hörner, zur Abwehr eines Frontalangriffs, nach unten zu nehmen. Das machte sich Czirpan zu Nutze und erwischte mit einem Sprung die Kehle des Bockes. Trotz seines dicken Felles, konnte man das Blut in einer kleinen Fontäne herausspritzen sehen. Das so, vom Blut getränkte und verfärbte Fell, zusammen mit dem Geruch, versetzte Czirpan in einen regelrechten Blutrausch. Inneralb kürzester Zeit verließen den Bock die Kräfte und der schwere Körper sank, erst in die Knie und anschließend völlig zu Boden. Czirpan und seine Freunde, waren so erschöpft, dass sie sich erstmal nur darauf legten und selbst der Drang zu fressen in den Hintergrund trat. Selbstverständlich war der Kampflärm nicht unbemerkt geblieben und so stand schon bald das ganze Rudel mit Fresslust in den Augen um die drei und ihre Beute herum. Selbst Horatio erschien um seinen Anteil zu bekommen. Da nahm Wilf einmal all seinen verbliebenen Mut zusammen und sprach, die Anwesenheit von Horatio negierend, zum mittlerweile geschlossen anwesenden Rudel. Er erzählte den hinterhältigen Plan und vom vermeidbaren Tot seines Bruders Wulf. Das Ganze klang schon wie ein Aufruf zur Meuterei und zwang Horatio regelrecht einzuschreiten. Dieser putzte Wilf, als Versager und Aussätziger, nieder. Da wurde es Czirpan nun doch zu viel. Er wusste, dass er mittlerweile einen guten Stand und Respekt im Rudel hatte. das bewog ihn, an dieser Stelle Partei für die drei Brüder zu ergreifen. Er betonte deren Unerfahrenheit und mangelnde Erziehung und Ausbildung. Als hervorragendes Gegenbeispiel führte er Kilian an. Als dieser nun das gesamte Rudel zum Festschmaus einlud, hatte er sofort alle auf seiner Seite.

Er sagte aber auch, dass er Czirpan vieles zu verdanken habe und unbedingt an seiner Seite bleiben wolle.

37.Horatios Kampf um die Macht

Langsam drohte die Situation zu eskalieren. Es wurden erste Stimmen laut, dass Czirpan das Rudel übernehmen solle. Czirpan fühlte sich zwar stark genug mit Horatio den entscheidenden Kampf aufzunehmen, in seinem Innern sagte aber etwas, dass es zu zeitig ist. Also trat er vor und stellte ein für alle Mal klar, dass das Rudel nicht das Recht habe, sich nach Gutdünken einen neuen Leitwolf zu küren und er jeden persönlich zurechtweisen werde, der versuche Horatios Entscheidungen anzuzweifeln. Das·wohl und wehe eines jeden Rudels hänge, vom unbedingten Gehorsam dem Leitwolf gegenüber, ab. Mit diesen Worten fühlte sich Horatio noch viel tiefer getroffen und er sah sich gezwungen, das mit Taten zu untermauern. Noch wusste er nicht, wie er das bewerkstelligen sollte. Also verfiel er in tiefes Grübeln und zog sich an einen Ort abseits des Rudels zurück, um einen Plan zu ersinnen. das Rudel hatte auch mit sich selbst und der Aufteilung des Steinbockes zu tun. Beim Streit um die besten Bissen, verschwanden die Gedanken an das eben erlebte, wie von selbst. Das barg aber auch eine Gefahr in sich, denn nur ein hungriger Wolf ist ein guter und gefährlicher Wolf. führte aber auch, so wie jetzt bei Horatio, zu ungewollt unüberlegten Handlungen.

38.Horatios todsicherer Plan

Horatio hatte lange gegrübelt, ohne zu einem Ergebnis zu kommen. Vor Nervosität, biss er auf einem in Reichweite liegenden Stock, herum. Jetzt dachte er aber die Lösung zu haben. Vor etlichen Monden hatte er, nicht weit entfernt, hinter zwei kleinen Bergen ein Bauerngehöft ausgemacht. dazu gehörte eine große Scheune, in der, zum Schutz vor dem Winter, eine Schafherde untergebracht war. Tags befand sich diese Herde in großen Gattern um das Gehöft. da sollte es doch möglich sein, risikolos einen großen Fang zu machen. Jetzt mußte er sich nur noch die Details aufdröseln.

Da er damit, sich selbst, überfordert fühlte, fiel ihm als Ausweg nur Czirpan ein. So entschloss er sich, auch wenn es an seiner Ehre kratzte, den Rat von Czirpan, den er auf Grund seiner

Erfahrungen schätzte, einzuholen und machte sich au sofort daran diesen Entschluss in die Tat umzusetzen. Das war jedoch schwerer als gedacht. Czirpan, den die letzten Stunden etwas überanstrengt hatten, hatte sich abseits des Rudels unter einer kleinen Tanne zur Ruhe gelegt und ließ die letzten Geschehnisse noch einmal vor sich gedanklich ablaufen.

39. Czirpan sagt nein

Deshalb wäre er fast erschrocken, als Horatio sich neben ihm niederließ. Beide begrüßten sich nur mit einem kurzen Knurren und Horatio ließ sich nicht erst bitten. Ohne Umschweife rückte er mit der Sprache raus. Um es Czirpan auch schmackhaft zu machen, malte er das in Aussicht gestellte Festmahl auch etwas übertrieben aus und erzählte Czirpan, wie er es sich vorstellte. Besonders die Einzelheiten seines abschließenden Eingreifens. Ohne schlechtes Gewissen plante er, wie selbverständlich, dass Czirpan und sein kleiner Trupp um Schutze der Dunkelheit den Zugang zum Schafgatter schaffen und dabei die Hunde außer Gefecht setzen, sollten. Er konnte nichtmal sagen, um welche Hunde es sich handelte. Dabei war es schon ausschlaggebend, ob es normale Hütehunde, oder Hirtenhunde waren. Letztere waren so gut wie unbesiegbar und stellten selbst, schon wegen ihrer Statur und masse, für jeden Angreifer, eine unberechenbare Gefahr dar. Nachdem er Horatio all seine Bedenken dargelegt hatte, hoffte Czirpan auf ein Einlenken Horatios. der aber fühlte sich in seiner Ehre als Leitwolf gekränkt. so blieb Czirpan nur übrig, ihm mit einem klaren "Nein" zu antworten. daraufhin schaltete Horatio auf stur und sagte, dass sie es dann eben ohne Czirpans Kameraden machen würden. Während Czirpan und horatio also nicht beim Rudel waren, hatte Kilian sich in ein Mädchen, namens Leila verguckt und sie auch schon in ihren kleinen Trupp geholt. damit waren sie schon vier. ACzirpan erzählte ihnen von Horatios Plan und seiner Skepsis. Sie hörten aufmerksam zu und Kilian begann sogar, diesen Plänen etwas abzugewinnen. Schnell, aber setzte auch bei ihm das Grübeln ein. Er hatte der Ansicht von Czirpan, als erfahrener Leitwolf nichts entgegenzusetzen und bemühte sich Czirpans Gedanken nachzuempfinden und daraus zu lernen. Somit waren sich alle einig, Horatios Plänen eine klare Abfuhr zu erteilen. Einige wollten sogar sofort zum Rudel und Stimmung gegen Horatio machen. das jedoch ließ Czirpan nicht zu, da er in jeder Beziehung hinter der Autorität des Leitwolfes stand.

40. Unausgereifte Ideen

So war auch keiner von ihnen dabei, als Horatio vor sein Rudel trat, um die Einzelheiten seines Planes darzulegen. Alle hörten aufmerksam zu und keiner wagte es, Kritik vorzubringen. Erst als es zur Einteilung und Zuteilung der Aufgaben ging regte sich Widerstand. Es war ihnen natürlich nicht entgangen, wie Czirpan und Kameraden darüber dachten und sich raushielten. Einige Jungwölfe sollten für Chaos und Aufruhr in der Schafherde sorgen.

41. Der Plan

Das war auf den ersten Blick nichts Besonderes. Nur konnte keiner sagen, wie sie in die Scheune und das Gatter hineinkommen sollten. Nachdem die Schafe ausgebrochen waren, wollten er und der Rest des Rudels ein Schlachtfest veranstalten. Die einzige Unbekannte dabei war die Reaktion der Menschen und der Hütehunde. Das verschwieg Horatio absichtlich, um keine Zweifel in das Rudel hineinzutragen. Als Zeitpunkt hatte er die frühen Morgenstunden gewählt. Das Mondlicht würde sie nicht verraten, da schwere Schneewolken über den Bergtälern lagen und für die nächsten Stunden nichts Gutes erahnen ließen.

42. Es geht los

Horatio schickte also, nachdem er jedem noch mal seine Erwartungen nahebrachte, pünktlich gegen Mitternacht, sein Vorauskommando, unter Führung von Brutus, los. Das erste Stück, war in dem zerfurchten Tal kein Problem. Die vier Wölfe brauchten sich nicht einmal ducken, um sich nicht zu verraten. Erst auf Höhe der kleinen Ortschaft ließ Brutus die anderen zurück und schlich vorsichtig weiter Es dauerte nicht lange und er hatte sein Ziel, die Örtlichkeiten zu erkunden, erfüllt. Jetzt holte er die anderen nach. Mitkurzen Zeichen zeigte er jedem sein Ziel.

Einer, zur nur angelehnten Stalltür, zwei andere direkt zum Gatter, um nach einer Schwachstelle zu suchen und Panik in die Herde bringen. Er selbst würde Stall und Gatter umgehen und versuchen von hinten vorzudringen. Plötzlich merkte er hinter sich lautere Geräusche. genauso schnell war er wieder die Ruhe selbst, denn er hatte erkannt, dass es nur Horatio war, der das Rudel nachführte und viele Pfoten machten auch bei aller Vorsicht Geräusche. Es war aber nicht so schlimm, das sie sich verraten hätten. Allerdings war das der Moment, wo es für Brutus kein Zurück mehr gab, denn hinter ihm wartete Horatio und ein Streit wäre jetzt zum unpassensten Moment gekommen.

43. Das Fiasko

Brutus hatte zwar ein schlechtes Gefühl, wusste aber, dass es kein zurück mehr gab und es jetzt losgehen mußte. So gab er jetzt das Zeichen, auf das seine Kameraden vorwärtsstürmten, ein jeder zu seinem vorgesehenen Ort. Er selbst zögerte noch einen Augenblick. Als der erste in der Scheunentür verschwand, lief auch er im großen Bogen los. Wie geplant, gab es im Stall Sodom und Gomorra. Die Schafe drängten in ihrer Panik auf und über einander, so dass schließlich das Gattertor nachgab und der Pulk von Leibern nach draußen drängte. das allerdings mit solch einer Kraft, dass die äußeren Gatterwände wie von einem Tornado erfasst nach allen Seiten wegflogen. Jetzt, aber kamen ihnen die Brutus und die zwei anderen entgegen, so das die vordersten abrupt bremsten. In dem ganzen Schafknäuel konnte man kein einzelnes mehr aus machen, so dass Brutus und seine Gesellen nur noch bei den Schafen die gerade vor sie hin flogen zubeißen mußten. So war das schwerste, nicht selbst, unter das Knäuel zu geraten. Wo ihnen das noch gelungen war, kamen die nachgeeilten Horatiotruppen voll unter die Räder und hatten damit zu tun, ums eigene Leben zu kämpfen. Es sollte aber noch schlimmer kommen. Nicht nur, dass plötzlich riesige Hunde eingriffen, fiel auch noch ein Schuss. dieser traf ausgerechnet Horatio und machte das ganze Rudel kopflos.

44. Czirpan greift ein

Czirpan und seine Freunde waren in gehörigem Abstand dem Rudel gefolgt und konnten jetzt schon, nur anhand des Lärmes die Geschehnisse erahnen. Bei Czirpan sträubten sich die Nackenhaare und er überlegte krampfhaft, wie er den vielen, unschuldig in Lebensgefahr geratenen helfen konnte. Die einzige Möglichkeit, die er sah, war sie schnellstens aus der

Todeszone zurück zu holen. Aber wie sollte er das nur anstellen? da fiel ihm wieder seine einmalige Fähigkeit ein. Er zögerte nicht lange. Nachdem er seine Freunde eingewiesen hatte, wo sie das versprengte Rudel sammeln sollten, erklang für jeden hörbar als Zeichen für den bedingungslosen Rückzug der

Ruf der Wildnis

Als hätten sie nie unter anderem Kommando gestanden, gehorchte das Rudel diesem Befehl. Es war zwar nicht zu verhindern, dass einige doch noch den Tot fanden, doch den meisten rettete es das Leben. Nicht zuletzt, weil sie ihre Wolfseigenschaften ausspielten. Durch das reflexmäßige blitzschnelle verschwinden, bei Ausnutzung aller Deckungsmöglichkeiten verloren die Schützen ihre Ziele schnell aus den Augen und so waren es wieder einmal die Jungwölfe, die vorrangig ihr Leben verloren. da konnten die Fähen, besonders Leitwölfin Hora nur fassungs- und hilflos zusehen.

Alle Überlebenden hatten sich schnell hinter einem kleinen, mit Büschen bestandenem, Hügel versammelt. Um so schnell wie möglich aus der Gefahrenzone hinaus zu kommen, zögerte Czirpan nicht lange und konnte auch nicht auf vereinzelnde Nachzügler warten. Er führte das Rudel unter optimaler Deckung schnell hinweg und lagerte mit ihm wieder am Rand der großen Steine. Er selbst und seine Getreuen machten sich auf, um für die lebenswichtige Nahrung zu sorgen. das Rudel war zwar blutverschmiert mit Schafsblut, war aber zum eigentlichen Sinn, dem Fressen, nicht gekommen. Sie hatten Glück und konnten kurz darauf 2 ausgewachsene Antilopen erlegen. Damit konnte das Rudel zwar nicht gesättigt, aber zumindest beruhigt werden. So lagerten sie ringsherum und hatten alle, wenn auch nach kleinen Reibereien alle was zum kauen. so kam es dass sich die Gemüter etwas beruhigten und erste Gedanken an das "Wie weiter" aufkamen.

45. Die Wahl

Jetzt kam es zu einem, der Welt der Wölfe, völlig fremden
und unnatürlichen Vorgang.
Das wiederum beruhte einzig und allein auf der Anwesenheit von Czirpan. Normalerweise hätte sich der stärkste Rüde, nach harten Kämpfen, für die Stellung des Leitwolfes qualifiziert. Nach den schweren Verlusten, war aber keiner mehr da um zu kämpfen. Gegen einen 3-Jährigen anzutreten, war auch unter Czirpans Würde. Also befragte er das Rudel nach Vorschlägen und es kristallisierte sich schnell heraus, dass es für fast alle selbstverständlich war, dass Czirpan dieses

Amt übernahm. So einfach wollte er es sich nun doch nicht machen und so befragte er nochmals jeden einzelnen nach seiner Meinung dazu. Es half aber alles nichts, die Würfel waren gefallen und so trat Czirpan als Nachfolger von Horatio und neuer Leitwolf vor das Rudel. Es waren nur ein paar Worte, die er rückblendend äußerte. Ein Name kam darinnen nicht vor: "Horatio" Er versprach, dass er und Bella das Rudel gerecht führen und nie in Gefahr bringen, würden. zum Beginn seiner Herrschaft, würde es eine große Jagd geben, um die sehr vielen Mäuler zu stopfen.

46. Erste Wehwehchen

So hatte Czirpan vor nicht allzu langer Zeit in der Nähe eine kleine Herde Rothirsche gesehen. Wenn diese auch ein höheres Risiko wie Gazellen hatten, so lohnte es sich auf Grund der höheren Fleischmasse. Nach ein paar kurzen Anweisungen setzte sich das Rudel auch ohne Verzögerungen in Trab. Czirpan verspürte plötzlich ein starkes Ziehen in der linken Flanke und wollte kein Risiko eingehen. Deshalb übergab er das Kommando an Kilian. das sollte jedoch vorerst das Geheimnis von beiden bleiben, um seine Stellung als Leitwolf nicht zu gefährden. So ließ er das Rudel ziehen um sich das Unterfangen, ohne jegliche Bedenken, aus sicherem Abstand zu betrachten. Er war gespannt, wie Kilian seiner Rolle gerecht werden würde. Dabei wusste er genau, dass Kilian zu einem großen Kämpfer und Rudelführer herangewachsen war. das nicht zuletzt auch durch seine strenge Erziehung. Es war aber seine natürliche Veranlagung, dass Czirpan keine innere Ruhe fand, da er nicht mit dem Rudel jagen konnte. Um so aufgeregter war er, als die ersten zurückkehrten und von der Heldentat Kilians, beim Erlegen des 10-Enders berichteten. So viel frisches Fleisch hatte das Rudel seit vielen Monden nicht mehr gesehen. So war es auch nicht verwunderlich, dass Czirpan erstmal vergebens auf Kilian wartete. Dieser hatte sich, die ihm zustehenden, besten Stücke gesichert und behauptete sie nun gegen die vielen Neider mit dem wölfischen Appetit und Hunger. Er hatte also alle Fänge voll zu tun sein großes Stück zu verschlingen. Kurz darauf sah Czirpan ihn mit dem geweihbewehrten Kopf des Hirsches kommen. Kilian legte diesen, mit einem dankbaren und stolzen Blick, vor Czirpan ab. Aus Dank und Achtung leckte ihm Czirpan kurz über dessen Lefzen, bevor er sich der Fresslust hingab. So ging der Tag seinem Ende entgegen und viele Wölfe lagerten mit vollen Bäuchen um ihren Leitwolf herum. Am Himmel zeugten dunkle tiefhängende Wolken vom Nahen eines weiteren Schneesturms.

47. Müdigkeit

Zwar waren in der Nähe mehrere Felsvorsprünge, aber nochmals würde Czirpan solch einen Fehler nicht machen. So blieben sie unter der kleinen Fichtengruppe liegen und steckten die Köpfe unter die weit nach oben gezogenen Schultern. Bald zeugten zufriedene Seufzer und ein gelegentliches Schniefen davon, dass viele den Anstrengungen der letzten Stunden Tribut zollten und eingeschlafen waren. Auch Czirpan konnte nicht länger gegen die Müdigkeit ankämpfen und schlief, nach einem Blick über sein Rudel, ein.

48.der Traum

Czirpan hatte schon oft geträumt, dann aber von der Jagd und dem Kampf mit seinen Opfern. irgendetwas war diesmal jedoch anders. Es begann sich sein Leben im Schnelldurchlauf abzuspulen. Da war die Gegend an der Mosel, Mutter Maya, Vater Czepan und Schwester Jana und die ersten Erfahrungen mit Eichhörnchen, Huskys und Füchsen.
Mutters Worte über seine Großeltern Stenek und Jadwiga. Die nicht enden wollende Fahrt zur Neiße und die Tage im Zwinger. Es folgten die ersten Tage als Wolf mit

Tunja und gegen Raslan. Schließlich noch der weite Weg in die Beskiden, mit ersten Erfahrungen im Wasser. Samara, Raslik und der Dreibeinige, aber auch das Rudel Hunde, welches ihm das Leben rettete. Schließlich war da Klavka, die Mutter seiner Kinder, die sicherlich in den nächsten Tagen als freie Wölfe in der Wildnis geboren wurden. Seine vielen Stürze schmerzten ihn noch selbst im Traume. Über allem lag ein weißer Schleier von Schnee. An der Stelle, wo er und seine Freunde in der Felsspalte verschüttet wurden, schreckte er urplötzlich hoch und benötigte einige Zeit um zu realisieren, dass er zurück im heute war. Er mußte erstmal versuchen die Schneelast, die auf ihm lag abzuschütteln. Nach mehreren versuchen und einer letzten großen Kraftanstrengung, gelang ihm das auch. Nachdem er die verbliebenen Schneereste aus seinem Fell geschüttelt hatte, gaben seine Läufe aber wieder nach und er legte sich wieder hin.

49.Sirius-Der **Hundsstern**
Die Schneewolken hatten sich verzogen und ringsumher lag eine glatte weiße gespenstisch Wirkende Schneeebene. Automatisch ließ er seinen Blick über die vielen kleinen Hügelchen gleiten, unter denen sich sein Rudel befand. Von denen war jedoch noch keine Regung auszumachen. deshalb schweifte sein Blick,

in dieser sternenklaren Winternacht, zum Himmel und er suchte seinen Leitstern, der ihm schon bei so mancher Nacht sicher durch die Finsternis geführt hatte. Da er der hellste am Nachthimmel ist, fand er den Hundsstern (von den Menschen auch Sirius genannt) im Sternbild Hund, ohne Schwierigkeiten.

Wieder schweiften seine Gedanken ab in die Vergangenheit und seine Jugend, wo er seinen Leitstern das erste Mal aus dem Zwinger herausgesucht und gefunden hatte.

Es waren eher aufwühlende Träume, je näher er der Gegenwart kam. Sie waren geprägt von Sorgen um seine Verletzungen und seine weitere gesundheitliche Entwicklung. Würde er den hohen Ansprüchen an einen Leitwolf, jederzeit noch gerecht werden können? Ihm wurde immer klarer, daß es für ihn Zeit war, der Wildnis Lebe Wohl zu sagen und in sein behütetes Leben als Hund zurückzukehren. Einerseits wusste er beim besten Willen nicht, wie er das anstellen sollte. Andererseits gab ihm Kilian die Kraft seinen Gedanken zu folgen. So nahmen seine Vorstellungen konkrete Formen an und es ging nur noch darum, wie er den Abschied gestalten sollte, ohne die gewachsene Struktur des Rudels durcheinander zu bringen.

50. Der Entschluss

Wie schon erwähnt, hatte die Situation auch etwas für sich. Kilian hatte das Rudel bei der letzten großen Jagd bereits geführt und somit seine Fähigkeiten schon unter Beweis gestellt und ganz wichtig war, das Rudel vertraute ihm. Dennoch wusste Czirpan nicht, wie das Rudel auf seinen Vorschlag, Kilian ohne Kampf als Leitwolf zu akzeptieren, reagieren würde. Andererseits, blieb ihm dazu keine Alternative und sein Entschluss, sich zurückzuziehen aus der Wildnis, stand jetzt ein für allemal fest. So erhob er sich und schüttelte den Schnee von sich und den Schlaf aus den Gliedern. Jetzt mußte er aber erstmal Kilian unter den vielen kleinen Hügeln finden um ihn in seine Pläne einzuweihen. Zum Glück fiel ihm ein, dass sie noch lange vor dem Schneesturm geredet hatten und Kilian deshalb nicht weit weg sein konnte.

51.Kilians Widerstand

So kam es schließlich auch. Nachdem Czirpan den Schnee von dem Häufchen mit der Pfote gescharrt hatte, kam darunter ein völlig verschlafener und stocksteifer Kilian an den Tag. Da Czirpan nicht lange an *sich **halten konnte, platzte** er gleich mit seinen Plänen heraus. Mit einem leisen knurren ging Kilian gleich auf Abwehr. Für ihn als f*rei aufgewachsenem Wolf war diese Prozedur unmöglich, da sie den Gesetzen der natürlichen Auslese in der Wildnis widersprach. Er konnte sich jedoch auch nicht vorstellen, gegen

Czirpan zu kämpfen. So flogen die Argumente zwischen den beiden hin und her, ohne dass ein Streit aufkam. letztendlich mußte Kilian einsehen, dass er auch so der stärkste Rüde im Rudel war. So gab er schließlich seinen Widerstand auf.

52.Czirpans Zweifel

Czirpan war ob dieser Wendung zwar erleichtert, begann aber für sich selbst noch mal alle Einflussfaktoren abzuklopfen. Es dauerte auch nicht lange und er kam an eine Stelle, die zumindest heikel werden würde. Da kam Bella ins Spiel, wo er sie nicht einzuordnen wusste. Das Kilian sie als Leitwölfin übernehmen würde, glaubte er nicht und außerdem hätte er sie gern mit auf die Reise genommen. Auch kam für Kilian eine Trennung von Leila nicht in Frage. Da sie aber noch sehr jung war, was gut für die Erhaltung des Rudels ist, dürfte es gerade mit den alten erfahrenen Fähen Probleme mit der Anerkennung ihres Standes im Rudel geben. Czirpan suchte verzweifelt nach einer Lösung des Problems.

53. Die List

Je länger er überlegte. desto weniger fiel ihm ein. Da kam Kilian und fragte, ob er ihm helfen solle. Da war plötzlich die Lösung. Er selbst würde sich gesundheitlich angeschlagen geben, was nichtmal gelogen war und würde deshalb Kilian, als seinem

Getreuesten die Aufgabe übertragen. So, wie er es bei der letzten großen Jagd getan und das Rudel von sich überzeugt hatte. hatte. Es blieben auch wirklich kaum Anwärter, gegen die er antreten konnte und die Wirklich eine Chance gehabt hätten. Da waren Dogan und Josip, die auch nur im Zweierpack ernsthaft gefährlich werden konnten. Deshalb machte Czirpan gerade dies dem Rudel schmackhaft. So sollte es also sein und morgen beim Sonnenaufgang würden die fronten endgültig geklärt werden.

54. Auf Teufel komm raus

Mit den ersten Sonnenstrahlen standen sich die beiden Konkurrenten im, durch das Rudel gebildeten, Kreis gegenüber und ließen sich auch nicht lange bitten. Sie fielen übereinander her und ließen ihre Zähne und Krallen sprechen. Sehr bald stellte sich heraus, dass Dogan deutlich unterlegen war. An vielen Stellen zeugten rote Blutflecken von seinen Verletzungen. Um ihn nicht in Todesgefahr zu bringen, wurde dem Kampf durch Czirpan ein Ende gesetzt. durch leises Winseln gestand Dogan seine Niederlage ein und zog sich mit eingezogenem Schwanz zurück. Das Rudel gab, durch lautes Gebell, ihre Zustimmung zum Ergebnis bekannt.
Kilian war natürlich mächtig stolz ob

seinem Sieg

55.Der Abschied

Czirpan gab sich und dem Rudel keine
große Zeit über das Geschehende
nachzudenken und gab bekannt, dass er sich
mit Bela zurückziehen werde. Sie suchten
kurz noch die wichtigsten und ältesten Tiere
auf, um ihnen kurz zum Abschied die
Lefzen zu lecken. Dann drehten sie sich um
und dem Rudel den Rücken. Nach kurzer
Orientierung verfielen sie in einen leichten
Trab und entfernten sich rasch. Kaum, dass
sie den ersten Hügel erreicht hatten,
machten sie noch mal Halt und
 Czirpan ließ letztmalig den

Ruf der Wildnis

in den Bergen des Kaukasus erschallen.
Voller Wehmut blickte er auf die vertraut
gewordenen Hügel, berge und sein Rudel
zurück, in der Gewissheit, dass es ein
Abschied für immer war. Jetzt hielt ihn auch
nichts mehr zurück, denn in Gedanken war
er schon in den
heimatlichen Wäldern der Oberlausitz.